De rode halsband

De rode halsband

JEAN-CHRISTOPHE RUFIN

Vertaald door Katelijne De Vuyst

2015

DE BEZIGE BIJ
AMSTERDAM | ANTWERPEN

I

Mein Mummelchen,
dieses Buch ist ein
„Blindflug", aber
mein Gefühl sagt
mir, dass es zu Her-
zen geht.
In Liebe
Deine Mummi Schlapp-
ohr

MEER LEZEN

Katja Petrowskaja *Misschien Esther*

‘*Misschien Esther* is een geschenk voor de literatuur.’
– FRANKFURTER ALLGEMEINE ZEITUNG

Was Esther de echte naam van Katja Petrowskaja’s overgrootmoeder, de vrouw die in 1941 in het bezette Kiev alleen achterbleef? En wie was getuige van hoe ze de Duitse soldaten vol vertrouwen in het Jiddisch toesprak? En toen de soldaten haar onbewogen doodschoten, wie stond er toen bij het raam en zag alles gebeuren?

‘Zelden is een onderzoek naar een familiegeschiedenis zo spannend en ontroerend opgeschreven. Dit is grote literatuur.’ – DER SPIEGEL

Jean-Christophe Rufin *De rode halsband*

Een aangrijpend, op ware feiten gebaseerd verhaal over eer, trouw en zelfopoffering

‘Een van de vele schitterende naoorlogse verhalen die voor het nageslacht bijgehouden moeten worden.’
– LE FIGARO

‘Subtiel en poëtisch stelt Rufin in vraag waaruit onze identiteit bestaat.’ – L’EXPRESS

‘Een intens verhaal over de monsterlijkheid van de oorlog, met een bijtende ontknoping.’ – LA PRESSE

Richard Flanagan
De smalle weg naar het verre noorden

Winnaar Man Booker Prize 2014

‘Flanagans roman is geschreven in proza van buitengewone elegantie en kracht, het overbrugt oost en west, heden en verleden. Flanagan werd geboren om dit boek te schrijven.’ – JURYRAPPORT

‘Een schrijver op de toppen van zijn kunnen. Geheel terecht bekroond met de Man Booker Prize.’
– DE VOLKSKRANT*****

www.debezigebij.nl

15/07

MEER LEZEN

Esther Freud *Meneer Mac en ik*

'Freud is een geboren verhalenverteller, poëtisch maar nooit overdadig, bedachtzaam maar nooit opzichtig.' – THE TIMES

Esther Freud schetst een levendig portret van een kleine gemeenschap aan de kust van Suffolk aan het begin van de twintigste eeuw. Wanneer de architect Charles Rennie Mackintosh zijn intrede doet en het geweld van de Eerste Wereldoorlog zwaarder op de gemeenschap gaat drukken worden de dorpelingen wantrouwender jegens 'Mac'.

Karine Tuil *Een verzonnen leven*

'Een van de beste boeken die ik in tijden las. Het gaat over afkomst, determinatie, hoogmoed, begeerte, macht, de kille verwoestende kracht van onverschilligheid en dat allemaal gegoten in een verhaal dat zonder genade op de ondergang afstevent, en toch nog een soort troost biedt. Het giert voort als een koortsdroom, met zo'n vaart verteld dat je het gevoel hebt dat je niet mag ademhalen of weglopen. De schrijfster vertelt dit verhaal bovendien in zulke knappe sprongen, dat het onwaarschijnlijk spannend leest, onontkoombaar als een shakespeariaans drama.' – Jessica Durlacher in ELSEVIER

Richard Ford *Het had erger gekund*

De nieuwe roman van de auteur van het veelgeprezen *Canada*

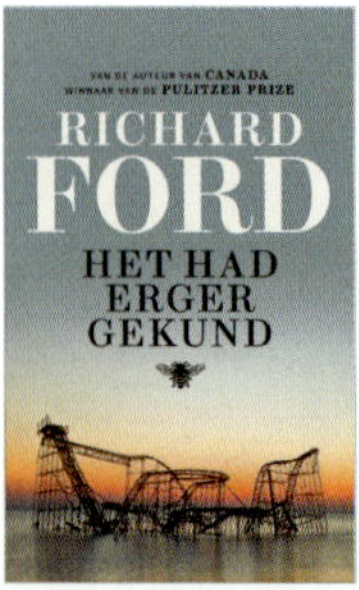

In vier onwaarschijnlijk goed geschreven episodes wordt Frank Bascombe, het bekende hoofdpersonage uit eerder werk van Ford, geconfronteerd met zijn verleden. Hetgeen leidt tot scherpe en satirische bespiegelingen over zijn bestaan en de werkelijkheid van het ouder worden. Maar ach, het had allemaal erger gekund…

'Een meesterwerk.' – DE STANDAARD***** over *Canada*

Om één uur 's middags, in de loden hitte die op de stad woog, was het gehuil van de hond niet te harden. Hij zat al twee dagen op het Micheletplein, en al twee dagen blafte hij aan één stuk door. Het was een bruin, kortharig mormel zonder halsband, met een gescheurd oor. Gestaag, ongeveer één keer om de drie seconden, dreunde het geluid van zijn diepe bas – om hoorndol van te worden.

Vanaf de drempel van de voormalige kazerne, die tijdens de oorlog tot gevangenis voor deserteurs en spionnen was omgevormd, had Dujeux hem met stenen bekogeld. Maar het haalde niets uit. Wanneer de hond de keien op zich af voelde komen, week hij even achteruit, daarna begon hij van voren af aan, met hernieuwde kracht. In het gebouw was slechts één gevangene aanwezig en het zag er niet naar uit dat die wilde ontsnappen. Helaas was Dujeux de enige bewaker en zijn plichtsbesef stond hem niet toe zijn post te verlaten. Hij kon het dier onmogelijk achtervolgen of daadwerkelijk schrik aanjagen.

In deze hitte waagde niemand zich naar buiten. Het geblaf weergalmde van muur tot muur in de lege straten. Even had Dujeux eraan gedacht zijn pistool te gebruiken. Maar er heerste vrede nu; hij vroeg zich af of hij wel het recht had zomaar te vuren, midden in de stad, ook al was het op een hond. En vooral, de gevangene zou het voorval kunnen aanwenden om de bevolking nog wat meer tegen de gezagdragers op te zetten.

Het behoeft geen betoog dat Dujeux een bloedhekel had aan de man. De gendarmes die hem hadden ingerekend, hadden er evenmin een goed gevoel bij gehad. De kerel had zich niet verzet toen ze hem naar de gevangenis hadden overgebracht. Hij had hen aangekeken met een te zachte glimlach, die hun niet had aangestaan. Je voelde zo dat hij zeker was geweest van zijn zaak, alsof hij vrijwillig met hen was meegegaan, alsof het alleen van hem afhing om in de streek een revolutie te ontketenen...

Trouwens, misschien klopte dat wel. Dujeux weigerde er zijn hand voor in het vuur te steken. Wat wist hij, een Breton uit Concarneau, eigenlijk over de Bas-Berry? Hoe dan ook, hij had het niet naar zijn zin in deze streek in het hartje van Frankrijk. Het jaar door was het er vochtig en tijdens de paar weken wanneer de zon van 's ochtends tot 's avonds scheen, was het meteen veel te warm. 's Winters en in de natte jaargetijden wasemde de aarde ongezonde dampen uit, die naar rottend gras roken. 's Zomers steeg er droog stof op van de wegen en begon het in het stadje, dat uitsluitend door platteland werd omgeven, om een onverklaarbare reden naar zwavel te stinken.

Dujeux had de deur weer dichtgedaan en hield zijn hoofd met beide handen vast. Hij kreeg migraine van het geblaf. Bij gebrek aan personeel werd hij nooit vervangen. Hij sliep in zijn kantoor, op een strozak die hij overdag in een metalen kast opborg. De voorbije twee nachten had hij geen oog dichtgedaan, vanwege de hond. Hij was daar te oud voor geworden. Eerlijk gezegd, dit soort beproevingen zou een mens na zijn vijftigste bespaard moeten blijven, vond hij. Hij hoopte alleen dat de officier die het onderzoek moest leiden zo snel mogelijk zou komen opdagen.

Perrine, de dienster van bar Des Marronniers, liep elke ochtend en avond het plein over om hem wijn te brengen. Hij moest het weten uit te zingen, toch. Het meisje stak de flessen door het raam en zonder een woord reikte hij haar het geld aan. Zo te zien was ze niet bang voor de hond en de avond van de eerste dag had ze zelfs halt gehouden om hem te aaien. De mensen van de stad hadden hun kant gekozen. Het was niet de zijde van Dujeux.

Hij had de flessen van Perrine onder zijn bureau gezet en schonk zich stiekem in. Als de officier onverwacht zou arriveren, wilde hij liever niet betrapt worden terwijl hij dronk. Omdat hij doodmoe was van het slaapgebrek, was hij er niet zeker van dat hij hem zou horen aankomen.

En ja, hij was vast even weggedommeld, want toen hij zijn ogen opsloeg, zag hij hem voor zich staan. Voor de ingang van het kantoor, ingesnoerd in een koningsblauw uniformjasje dat te dik was voor de tijd van het jaar en niettemin tot de kraag was dichtgeknoopt, stond een rijzige man die Dujeux met een vernietigende blik aanstaarde. De bewaker krabbelde overeind en deed met onhandige vingers een paar knopen van zijn jasje dicht. Daarna stond hij op en nam de houding aan. Hij wist dat hij gezwollen ogen had en naar wijn rook.

'Kunt u die loebas niet laten zwijgen?'

Dat waren de eerste woorden van de officier. Hij keek door het raam en sloeg geen acht op Dujeux. Nog altijd in houding voelde deze zich misselijk worden, zodat hij aarzelde zijn mond te openen.

'Hij ziet er evenwel niet gevaarlijk uit', ging de militaire rechter door. 'Hij heeft geen vin verroerd toen de chauffeur me afzette.'

Voor de gevangenis had dus een automobiel stilgehouden en Dujeux had niets gehoord. Geen twijfel mogelijk, hij had langer gedut dan hij dacht.

De officier wendde zich tot hem en zei 'Rust', met een afgematte stem. Zo te zien had de man het niet op discipline begrepen. Hij gedroeg zich spontaan en leek de militaire mise-en-scène als een vervelend folkloristisch verschijnsel te beschouwen. Hij pakte een spijlenstoel, draaide hem om en ging schrijlings zitten, voorovergebogen op de rugleuning. Dujeux ontspande. Hij had best een glaasje willen drinken en misschien zou de ander in deze warmte met plezier hebben meegedaan. Maar hij liet het idee varen en slikte, om zijn keelgat te smeren, alleen moeizaam zijn speeksel door.

'Zit hij daar?' vroeg de rechter, terwijl hij met zijn kin naar de metalen deur wees die naar de cellen leidde.

'Ja, commandant.'

'Hoeveel hebt u er tegenwoordig?'

'Eentje maar, commandant. Sinds de oorlog is afgelopen, is het hier nogal verlaten...'

Wat een bofkont was hij toch, Dujeux. Met één enkele klant had hij een luizenleventje kunnen hebben. Maar zie, er moest zo nodig een hond zijn, die onophoudelijk voor de gevangenis zat te huilen.

De officier zweette. Handig maakte hij de zowat twintig knopen van zijn jasje los. Dujeux zei bij zichzelf dat hij het wellicht net voor het binnenkomen had gesloten, om indruk te maken. De man was ongeveer dertig en tegenwoordig, na de oorlog, kwam het niet zelden voor dat zo jonge mensen met galons liepen te pronken. Zijn reglementaire snorretje wist geen dichte knevel te vormen, zodat het leek alsof er twee wenkbrauwen onder zijn neus stonden. Hij had staalblauwe, maar toch zachte, ongetwijfeld bijziende ogen. Boven een vestzakje stak een schildpadden bril uit. Was het uit koketterie dat hij hem niet had opgezet? Of wilde hij zijn blik de vage uitdrukking geven die de door hem ondervraagde verdachten in de war moest brengen? Hij haalde een geruite zakdoek tevoorschijn en wiste zijn voorhoofd af.

'Uw naam, adjudant?'

'Dujeux Raymond.'

'Hebt u gevochten in de oorlog?'

De cipier ging opnieuw stram staan. Hij zag de kans schoon. Hij kon punten scoren, zijn houding laten vergeten en bewijzen dat hij zijn functie van kerkervoogd zonder vreugde uitoefende.

'Jazeker, commandant. Ik was tirailleur. Dat is niet meer te zien: ik heb mijn sik afgeschoren.'

Omdat de ander niet lachte, ging hij door: 'Tweemaal geblesseerd. De eerste keer aan de schouder tijdens de slag bij de Marne, de tweede keer in mijn buik, bij de slag om Verdun, toen we naar Mort-Homme oprukten. Daarom ben ik sindsdien...'

De officier wuifde om aan te geven dat hij het begreep, dat hij niet in detail hoefde te treden.

'Hebt u zijn dossier?'

Dujeux haastte zich naar een cilindersecretaire, maakte hem open en reikte de officier een map aan.

Het kartonnen omslag zag er veelbelovend uit. In werkelijkheid bevatte het maar twee stukken: het proces-verbaal van de gendarmes en het militaire zakboekje van de gevangene. De rechter keek ze vluchtig in. Er stond niets in dat hij nog niet wist. Hij stond op en Dujeux greep al naar de sleutelbos. Maar in plaats van richting cellen te lopen, keerde de officier terug naar het venster.

'Je kunt het raam beter openzetten, het is hier om te stikken.'

'Het is vanwege de hond, commandant.'

In de volle zon blafte het dier aan één stuk door. Als het even op adem kwam, hing zijn tong uit zijn bek en zag je dat het hijgde.

'Wat voor ras is het, volgens u? Hij heeft iets van een weimaraner.'

'Met uw welnemen, maar ik denk eerder dat het een bastaard is. Bij ons, op het platteland, zie je veel van die honden. Het is hun taak de kudde te bewaken. Maar men gebruikt ze ook om te jagen.'

De officier leek hem niet te hebben gehoord.

'Tenzij het een Pyrenese herdershond is...'

Dujeux achtte het raadzaam niet te reageren. Alweer een aristocraat, zo'n fanaat van de drijfjacht, een van die jonkertjes die tijdens de oorlog zoveel kwaad hadden aangericht, door hun arrogantie en onbekwaamheid...

'Goed', besloot de officier zonder veel enthousiasme. 'Vooruit dan maar. Ik ga de verdachte verhoren.'

'Wilt u hem in zijn cel zien, of breng ik hem hiernaartoe?'

De rechter wierp een blik op het raam. Het lawaai van de hond nam niet af. Achter in het gebouw zou je het geblaf alvast minder horen.

'In zijn cel', zei hij.

Dujeux pakte de zware ring waaraan de sleutels hingen. Zodra hij de deur opende die naar de cellen leidde, kwam een koelere luchtstroom het kantoor binnengewaaid. Het had de geur van een kelder kunnen zijn, als hij niet de stank van lichamen en uitwerpselen had meegevoerd. De gang werd aan het andere uiteinde verlicht door een puiraam dat druppelsgewijs een kil, melkachtig licht in de duisternis liet vallen. Het was een voormalig slaapkwartier, en om het tot gevangenis om te vormen, had men grote grendels op de deuren van de chambrettes aangebracht. Ze stonden op een kier, zodat je de lege cellen kon zien. De laatste, helemaal achterin, was op slot en Dujeux maakte ze met veel lawaai open, zoals een wandelaar die met zijn voet op de grond stampt om de slangen te wekken. Daarna liet hij de officier binnen.

Een man lag languit, met zijn hoofd naar de muur gedraaid, op een van de twee britsen. Hij bewoog niet. Dujeux betoonde zich overijverig en riep: 'Opstaan!' De officier gaf hem teken te zwijgen en naar buiten te gaan. Hij nam plaats op het andere bed en wachtte even. Het leek alsof hij zijn krachten verzamelde, niet zoals een atleet die zich voorbereidt op een prestatie, veeleer als iemand die een corvee moet verrichten en niet weet of hij voldoende energie heeft om daarin te slagen.

'Dag mijnheer Morlac', pufte hij, terwijl hij de onderkant van zijn neus masseerde.

De man verroerde geen vin. Te oordelen naar zijn ademhaling was het nochtans duidelijk dat hij niet sliep.

'Ik ben ritmeester Lantier du Grez. Hugues Lantier du Grez. Als u het goed vindt, kunnen we even met elkaar praten.'

Dujeux had de zin gehoord en, terwijl hij naar zijn kantoor terugliep, schudde hij meewarig het hoofd. Sinds er een eind aan de oorlog was gekomen, was niets meer zoals vroeger. Zelfs de militaire justitie leek aarzelend, verzwakt, zoals deze te aardige jonge rechter. De tijd waarin men zonder zich te generen mensen fusilleerde, was allang voorbij.

De cipier ging weer achter zijn bureau zitten. Hij voelde zich meer op zijn gemak, maar wist niet waarom. Er was iets veranderd. Het was niet de hitte, die hem na zijn onderdompeling in de koelte van de cellen nog zwoeler leek. Het was niet de dorst, die hoe langer hoe harder kwam opzetten, zodat hij besloot een slokje te nemen. Voorzichtig haalde hij een fles onder zijn bureau vandaan. Wat er eigenlijk was veranderd, was de stilte: de hond blafte niet langer.

Na twee afschuwelijke dagen was dit het eerste rustige moment. Hij haastte zich naar het raam om te zien of het dier er nog altijd was. Eerst zag hij het niet. Daarna, als hij het hoofd opzij boog, zag hij de hond in de schaduw van de kerk op zijn achterpoten zitten, aandachtig, maar stil.

Sinds de rechter de cel van zijn baasje was binnengegaan, had hij opgehouden als vermoord te janken.

*

De militaire rechter had het dossier opengeklapt en op zijn knieën gelegd. Hij had zich op de brits genesteld en leunde tegen de muur. Je voelde dat hij zich voor een hele poos had geïnstalleerd, en dat hij zijn tijd zou nemen. De gevangene had zich niet verroerd. Hij bleef met zijn rug naar hem toegekeerd op de harde matras liggen, maar het was duidelijk dat hij niet sliep.

'Jacques, Pierre, Marcel Morlac', citeerde de rechter op werktuiglijke toon. 'Geboren op 25 juni 1891.'

Terwijl hij rekende, streek hij met zijn hand door zijn haar.

'Dat betekent dus dat u achtentwintig bent. Achtentwintig jaar en twee maanden, want we zijn al in augustus.'

Kennelijk verwachtte hij geen antwoord, want hij ging door: 'Officieel hebt u domicilie in de boerderij van uw ouders, waar u ook geboren bent, in Bigny. Dat ligt hier vlakbij, geloof ik. Opgeroepen in november '15. November '15? U werd wellicht als kostwinner beschouwd, waardoor u respijt hebt gekregen.'

De rechter was dit soort inleidingen allang gewoon. Met een bezorgd gezicht somde hij de gegevens van burgerlijke staat op. De verschillen in datum en plaats die elk individu definieerden, hadden een fundamenteel belang: dat iedereen was wie hij was, was daaraan te danken. En tegelijkertijd waren het zulke verwaarloosbare, zulke minuscule verschillen, dat ze beter dan een inschrijvingsregister onthulden in welke mate de mensen door futiliteiten van elkaar werden onderscheiden. Op zulke aantekeningen na (een naam, een geboortedatum...) vormden ze een onoverzichtelijke, compacte, anonieme massa. En die massa was door de oorlog gekneed, verkwanseld, verslonden. Niemand die deze oorlog had meegemaakt, kon nog geloven dat een individu enige waarde bezat. En toch, om vonnissen te kunnen vellen eiste het rechtswezen, waarbij Lantier voortaan was ingedeeld, dat het met individuen te maken had. Daarom moest hij die inlichtingen verzamelen en in een dossier stoppen, waar ze zouden uitdrogen, als bloemen die je tussen de pagina's van een dik boek schuift.

'Men heeft u eerst ingedeeld bij de intendance in Champagne. Dat was wellicht niet erg lastig. Voer vorderen in de boerderijen, u weet hoe dat moet. En het is niet gevaarlijk.'

De officier pauzeerde even om te zien of de verdachte reageerde. De gestalte aan de overkant bleef nog altijd roerloos liggen.

Daarna werd u samen met uw eenheid naar het Oriëntleger gestuurd. Aankomst in Thessaloniki in juli 1916. Nou, dan hebt u nu vast niet veel last van de warmte! U hebt daar tijd zat gehad om eraan te wennen.'

Een vrachtauto die moeizaam de straat op tufte, reed met een schor geluid voorbij het venster en verdween.

'U moet me over die veldtocht in de Balkan vertellen. Ik heb er nooit iets van gesnapt. Men wilde de Turken in de Dardanellen een lesje leren, en zij hebben ons in zee gedreven, klopt dat? Daarna hebben we ons in Thessaloniki teruggetrokken om kat en muis te spelen met de Grieken, die maar niet konden beslissen of ze aan onze zijde wilden vechten. Of vergis ik me? Hoe dan ook, wij, aan de Somme, hebben altijd gevonden dat de lui van het Oriëntleger profiteurs waren, die een luizenleventje leidden op de stranden...'

Lantier wist goed wat hij deed toen hij onverwacht zo'n familiaire toon aansloeg en, vooral, de man ronduit beledigde. Zijn gezicht vertoonde nog steeds dezelfde verveelde uitdrukking. Tijdens een verhoor maakte hij steevast gebruik van zulke kleine schokeffecten. Zoals een boer de zwakke plekken van zijn vee kent, wist hij welke vezels hij moest prikkelen bij de mens. De gevangene die voor hem lag, bewoog een voet. Dat was een goed teken.

'Hoe dan ook, u hebt zich onderscheiden. Bravo. 17 augustus, eervolle vermelding ondertekend door generaal Sarrail: "Korporaal Morlac heeft een beslissende rol gespeeld in een aanval tegen de Bulgaarse en Oostenrijkse strijdkrachten. Tijdens de charge bevond hij zich in de eerste gelederen en heeft hij persoonlijk negen vijandelijke infanteristen uitgeschakeld, voordat hij aan het hoofd en de schouder werd gewond en bewusteloos op het slagveld is neergevallen. Hij heeft volgehouden tot zijn strijdmakkers er 's nachts in zijn geslaagd hem naar de Franse linie terug te brengen. Zijn heldhaftige actie betekende het begin van het succesvolle tegenoffensief in de streek van de Cerna." Prachtig! Van harte gefeliciteerd.'

Zijn lectuur was niet zonder gevolgen, want de gevangene probeerde niet eens meer te doen alsof hij sliep. Hij bleef nog altijd liggen, maar nam een andere houding aan, misschien omdat hij de woorden van de officier zo wilde overstemmen.

'Het moet ongetwijfeld een uitzonderlijke heldendaad zijn geweest, dat men u met de légion d'honneur heeft onderscheiden. Het legioen van eer! Een simpele korporaal! Ik weet niet hoe het er in het Oriëntleger aan toeging, maar in Frankrijk zijn me maar twee, hoogstens drie zulke gevallen ter ore gekomen. Dat is iets om bijzonder trots op te zijn. Bent u er bijzonder trots op, mijnheer Morlac?'

De gevangene wroette onder zijn deken. Het was duidelijk dat hij zich binnen de kortste keren zou laten zien.

'Laten we het hebben over de actie waarvoor u werd aangehouden. Ik kan me niet voorstellen dat iemand die in dergelijke omstandigheden de légion d'honneur heeft verdiend, zich bewust schuldig zou maken aan het vergrijp dat u ten laste wordt gelegd. Ik veronderstel dat u dronken was, mijnheer Morlac? De oorlog heeft ons allemaal overstuur gemaakt. Het gebeurt dat onze herinneringen ons bij de strot pakken, en om eraan te ontsnappen, drinken we een glaasje. Een glaasje te veel. En dan doen we dingen waarvan we spijt krijgen. Dat is het toch? In dat geval kunt u zich verontschuldigen, zeggen dat u het werkelijk betreurt, en we halen er de spons over.'

Op de brits tegenover de rechter had de man zich eindelijk opgericht. Hij dreef van het zweet onder zijn deken, had hoogrode wangen en een verwilderde haardos. Maar hij had geen wezenloze blik in de ogen. Hij ging op de rand van het bed zitten en liet zijn blote benen hangen. Met een grimas haalde hij zijn hand over zijn nek en rekte zich uit. Daarna keek hij de rechter, die nog altijd met het dossier op zijn knieën was blijven zitten, strak aan en op zijn gezicht verscheen een vermoeide glimlach.

'Nee', zei de man. 'Ik was niet dronken. En ik heb nergens spijt van.'

II

De man had vrij zacht gesproken en zijn stem klonk dof. Buiten kon hij onmogelijk worden gehoord. Toch was de hond, op het plein, onmiddellijk weer beginnen te huilen.

De rechter keek werktuiglijk naar de deur.

'Dat is er toch één die op u gesteld is. Is er niemand anders die op u gesteld is, korporaal? Niemand die zou willen dat u deze spijtige zaak achter zich kunt laten en weer op vrije voeten bent?'

'Ik zeg het nogmaals', antwoordde Morlac. 'Ik ben verantwoordelijk voor mijn daden en ik heb geen enkele reden om mijn excuses aan te bieden.'

Ook hij was getekend door de oorlog – zoveel was duidelijk. Iets in zijn stem gaf aan dat hij wanhopig eerlijk was. Alsof de zekerheid weldra te zullen sterven, die hij dag aan dag aan het front had ervaren, in hem alle lagen van de leugen had laten oplossen, alle gelooide vellen die bij de gewone sterveling door het leven, de beproevingen, de omgang met anderen op de waarheid worden neergelegd. Beiden hadden het soort vermoeidheid gemeen dat een mens elke kracht en elk verlangen ontneemt om dingen te zeggen of te denken die niet waar zijn. En tegelijk waren ze niet in staat de gedachten onder woorden te brengen die te maken hadden met de toekomst, het geluk of de hoop, want die werden terstond stukgeslagen door de smerige werkelijkheid van de oorlog. Zodat er alleen nog trieste zinnetjes overbleven, die werden uitgesproken met de extreme soberheid van de wanhoop.

'Volgt die hond u al lang?'

Morlac krabde zijn arm. Hij droeg een mouwloos onderhemdje dat zijn spieren accentueerde. Eigenlijk was hij niet erg robuust gebouwd. Hij had een gemiddelde gestalte, bruin haar, een hoog voorhoofd en lichte ogen. Je kon zien dat hij een buitenmens was, maar hij had de begeesterde uitstraling en de intense blik die je toeschrijft aan profeten of aan herders die verschijningen hebben.

'Al altijd.'

'Wat bedoelt u?'

Lantier begon zijn verslag van het verhoor neer te pennen. De handeling vereiste precieze termen. Maar hij deed het zonder enig enthousiasme.

'Hij is me gevolgd toen de gendarmes me zijn komen halen voor de oorlog.'

'Leg 'ns uit.'

'Als ik mag roken.'

De rechter tastte in zijn vest en haalde een verfrommeld pakje sigaretten tevoorschijn. Morlac stak er een aan met de tondeldoos die de officier hem had aangereikt. Hij blies de rook door zijn neus, als een woedende stier.

'Het was het eind van de herfst. U weet dat, het staat in uw papieren. Er moest nog geploegd worden. Vader was allang niet meer in staat het paard te volgen. En ik, ik moest ook de akkers van de buren bewerken omdat hun zoon al met de eerste lichting vertrokken was. Ze zijn 's middags gekomen, de pandoeren. Ik zag ze de lindelaan op lopen en wist meteen hoe laat het was. We hadden overlegd, vader en ik, wat ik zou doen. Ik wilde liever onderduiken. Maar hij had hen door en zei dat ze me, vroeg of laat, toch te pakken zouden krijgen. Dus ben ik hen zonder meer achternagelopen.'

'Was u de enige die ze kwamen opeisen?'

'Natuurlijk niet. Ze hadden al drie andere rekruten bij zich. Ik kende hen van gezicht. De gendarmes deden me in hun kar stappen en samen hebben we er nog drie opgepikt.'

'En de hond?'

'Hij is ons gevolgd.'

Had het dier hem gehoord? De hond, die sinds zijn baasje wakker was geworden niet had opgehouden met blaffen, zweeg nu het over hem ging.

'Hij was trouwens niet de enige. Alle anderen hadden een hond die hen in het begin bleef volgen. De smerissen lachten. Volgens mij lieten ze hen opzettelijk achter de kar aan hollen. Zo was het plezierig, het leek wel alsof we op jacht gingen. En bijgevolg lieten de jongens die we kwamen ophalen zich zonder protest meenemen.'

Hij vertelde dat met een glimlach om de mond, maar zijn ogen stonden droevig, en de officier aan de overzijde wendde dezelfde oppervlakkige blijmoedigheid voor.

'Had u die hond al lang?'

'Ik heb hem van vrienden gekregen.'

De rechter schreef alles nauwgezet op. Het was een wat komisch gezicht als je hem zo ernstig die hondenhistories zag noteren. Maar de hond speelde inderdaad een belangrijke rol in de zaak die hij moest onderzoeken.

'Ras?'

'De moeder was een briard, vrij zuiver geloof ik. De vader, dat hebben we nooit echt geweten. Het schijnt dat alle mannetjes uit de buurt over haar heen waren gegaan.'

Zijn woorden hadden niets schunnigs, maar lieten veeleer afkeer doorschemeren. Vreemd hoezeer door de oorlog alles wat met seks te maken had, onuitstaanbaar was geworden. Alsof het magma van de oorsprong, de geheimen van de verwekking het tragische antwoord betekenden op de orgie van bloed en dood, op de rotzooi die de granaten in de loopgraven hadden teweeggebracht.

'Oké,' onderbrak de officier hem, 'de hond is u gevolgd, en daarna?'

'Daarna is hij dat blijven doen. Hij was slimmer dan zijn soortgenoten, zou je denken. In Nevers werden we opnieuw in groepen verdeeld en daar heeft men ons op een trein naar het oosten gezet. De meeste dieren zijn op het perron achtergebleven, maar mijn hond heeft een aanloop genomen en op het ogenblik waarop de trein vertrok, is hij op het platform gesprongen.'

'Hebben de onderofficieren hem niet weggejaagd?'

'Ze vonden het grappig. Als het er dertig waren geweest, dan hadden ze hen eruit gegooid, maar één enkele hond, in feite hadden ze daar niets op tegen. Hij is de mascotte van het regiment geworden. Zo noemden ze hem toch.'

Ze zaten nu recht tegenover elkaar, elk op een brits, van elkaar gescheiden door de smalle ruimte van de cel. Het was een beetje de sfeer van de oorlog, in de kazematten. Ze hadden tijd. Het leven verliep langzaam en toch kon een granaat elk moment aan alles een eind maken.

'En u, u had er natuurlijk schik in. Was u gehecht aan uw hond?'

Morlac tastte peinzend in het pakje sigaretten. Hij haalde er een uit die half was gebroken, knakte ze in tweeën en stak een van de helften op.

'U zult dat misschien vreemd vinden, vooral na datgene wat ik heb gedaan, maar ik heb het nooit zo voor honden gehad. Het is niets voor mij dieren te mishandelen, ik verzorg ze als dat nodig is. Maar als het nodig is, maak ik ze dood, konijnen en schapen of zo. Een hond neem ik mee op jacht of in de velden om de koeien te hoeden. Maar hem strelen, die dingen, dat is niet echt mijn stijl.'

'Was u niet blij dat hij u bleef volgen?'

'Eerlijk gezegd voelde ik me daar veeleer ongemakkelijk bij. Ik had geen zin om op te vallen in die hele oorlog. Vooral in het begin. Ik wist niet hoe het allemaal zou lopen, maar ik dacht bij mezelf dat ik er op een gegeven moment misschien stiekem vandoor moest gaan en dan, met een hond...'

'Dacht u eraan te deserteren?'

Lantier stelde de vraag niet als rechter, veeleer als een officier die denkt zijn manschappen te kennen en die bij een van hen opeens een karaktertrek ontdekt die hij niet had verwacht.

'U, u wist ongetwijfeld wat de oorlog was. Ik niet. Wat ik vooral zag, toen hij net was uitgebroken, waren de akkers die bij mijn moeder en zus achterbleven en die zij niet konden bewerken, ik zag het hooi dat nog niet was binnengehaald. Dus zei ik bij mezelf dat ik, als ze me in het leger niet echt nodig bleken te hebben, zou proberen terug te keren naar waar ik me nuttig kon maken. Begrijpt u?'

De officier was een stadsmens. Hij was in Parijs geboren en had er altijd gewoond. Het was hem dikwijls opgevallen, bij zijn manschappen, hoezeer stedelingen en plattelandsbewoners een verschillende kijk hadden op de oude tijd. De stadsmensen zagen die oude tijd als het plezier, het comfort, hun laffe leventje eigenlijk. Voor wie van buiten kwam, was het de akker, het werk, een ander gevecht.

'Waren er nog honden in uw konvooi, behalve die van u?'

'In de trein niet, nee. Maar in Reims, toen we uitstapten, waren er opeens een heleboel.'

'De officieren zeiden er niets over?'

'Er viel niets te zeggen. Die honden wisten zich in hun eentje te redden. Ik weet niet of ze 's nachts vuilnisbakken leeghaalden of van de mensen kliekjes toegegooid kregen. Wellicht allebei. Hoe dan ook, we hoefden niet voor ze te zorgen.'

'Daarna bent u naar het front getrokken?'

'Ik ben zes maanden bij de ravitaillering gebleven. We lagen niet in de eerste linie, maar nu en dan kwamen we dicht in de buurt en de granaten brachten vaak grote schade toe.'

'De hond was altijd bij u?'

'Altijd.'

'Dat is bijzonder.'

'Het is een bijzondere hond. Zelfs in de ergst geteisterde uithoeken slaagde hij erin voedsel te vinden. En vooral, hij wist hoe hij met de hogere rangen moest omgaan. De meeste honden zijn uiteindelijk in de problemen gekomen. Sommige dieren werden zelfs koudweg neergeknald, omdat ze uit de voorraad gapten. Ik weet niet waar u lag, maar u hebt dat wellicht ook meegemaakt.'

Tijdens de gesprekken in de loopgraven gebeurde het eveneens dat men de rangen vergat. Het deed denken aan de partijtjes kaarten, waarbij de stratenmaker uitvaart tegen de notaris, zonder dat iemand er aanstoot aan neemt. Hier in de cel bleef de rechter rechter, hij schreef zorgvuldig zijn proces-verbaal neer, maar het verhoor was ook een onderonsje tussen kameraden, die weldra als gelijken zouden eindigen in de dood.

'Het grootste deel van de oorlog heb ik met de Engelsen aan de Somme doorgebracht', zei de rechter.

'Had je daar honden?'

'Een paar. Trouwens, toen men me met uw zaak heeft belast, moest ik meteen aan mijn manschappen denken, van wie sommigen zozeer aan hun dier gehecht waren dat ze de oorlog alleen dankzij zijn aanwezigheid konden verdragen. Op het eind zagen ze hen als strijdbroeders, alter ego's. Om de waarheid te zeggen en ondanks uw opruiende taal ben ik van plan in die zin mijn verslag op te stellen. Eigenlijk bent u die hond als een soort wapenbroeder gaan beschouwen. Indien het zo wordt uitgelegd, zal men u genade schenken, dat weet ik zeker.'

Morlac richtte zich op en keilde zijn sigaret driftig tegen de muur, achter in de cel. Hij zag er razend uit. De oorlog, die hem zachte uitingen van vreugde of plezier had ontnomen, had hem zichtbaar in staat gesteld gevoelens van woede en zelfs haat te vertolken. De officier wist dat strijders zo konden reageren, maar in dit geval verwachtte hij dat niet en vooral, hij begreep niet wat het motief kon zijn.

'Ik wil niet dat u dat opschrijft, begrepen!' schreeuwde Morlac. 'Het is gewoon niet waar. Zo'n verklaring onderteken ik in geen duizend jaar.'

'Kalm aan! Wat bezielt u?' vroeg Lantier met een geïrriteerde zucht.

'Wat ik gedaan heb, heb ik niet gedaan omdat ik van mijn hond hou. Het is zelfs het omgekeerde.'

'U houdt niet van hem?'

'Of ik van hem hou of niet, daar gaat het niet om. Ik heb het niet voor hem gedaan, zeg ik.'

'Voor wie dan wel?'

'Voor wie? Nou, voor u, natuurlijk, voor de hoge omes, de politici, de profiteurs. Voor alle idioten die hen volgen, die de anderen naar de oorlog sturen, en ook voor hen die er uit eigen beweging naartoe gaan. Ik heb het gedaan voor iedereen die in die flauwekul gelooft: heroïsme, moed, vaderlandsliefde!'

Bij het schreeuwen van die laatste woorden was hij opgestaan. Zijn deken was op de grond gevallen en alleen gekleed in zijn onderbroek en hemdje bleef hij maar tieren en boze blikken afvuren op de officier. Hij zag er zowel belachelijk en pathetisch als gevaarlijk uit, want je kon voelen dat hij in staat was uit woede een ultiem misdrijf te begaan, waarbij hij zich door niets of niemand zou laten tegenhouden.

Nadat Lantier even met de mond vol tanden had gestaan, kwam de officier in hem weer naar boven. Hij klapte het dossier dicht, kwam overeind, stram, en met het overwicht dat een geklede man, die op de koop toe een uniform draagt, vanzelf heeft op een naakte man, zei hij met luide stem: 'Kom tot bedaren, Morlac! U geneert zich niet! Maar vergis u niet in mijn goedheid. Er zijn grenzen aan.'

'U wilde me doen praten, wel, ik praat.'

'En wat u zegt, is onaanvaardbaar. U maakt uw zaak alleen maar erger. Niet alleen weigert u de actie die u hier heeft doen belanden, af te zwakken, maar u voegt er smaad aan een officier en belediging van de Natie aan toe.'

'Ik heb de Natie al veel te veel offers gebracht. Dat geeft me het recht haar een paar waarheden te vertellen.'

Hij liet zich niet uit het lood slaan. Hoe haveloos hij er ook uitzag, Morlac bood de rechter het hoofd en gaf hem lik op stuk. Dat was het resultaat van vier jaar oorlog: mannen die geen angst meer kenden, die zoveel gruwelen hadden overleefd dat niets of niemand hen kon dwingen de ogen neer te slaan. Gelukkig waren ze vrij dun gezaaid. Liever dan een discussie voort te zetten waardoor het gezag dat hij vertegenwoordigde zou worden aangetast, verkoos Lantier er korte metten mee te maken.

'Maak je niet druk, mijn beste. Vandaag houden we het voor gezien.'

Dujeux, de cipier, was wellicht op het lawaai van de stemmen afgekomen. Hij verscheen opeens van achter de deur, wierp Morlac een donkere blik toe en vergezelde de officier op de terugweg, terwijl hij zijn sleutels tegen het metaal van de deuren liet rinkelen.

Buiten was de hond opnieuw beginnen te huilen.

*

De kantoren van Lantier du Grez bevonden zich in Bourges, pal in het centrum, in het Louis XIV-gebouw dat door de plaatselijke bewoners de Condé-kazerne werd genoemd. In afwachting van iets beters nam hij daar genoegen mee. Zijn vrouw was samen met hun twee kinderen in Parijs achtergebleven en hij hoopte op een overplaatsing, zodat hij zich eindelijk weer bij zijn gezin kon voegen.

Zolang hij het onderzoek naar de zaak Morlac niet had afgerond, was er helaas geen sprake van dat hij zou terugkeren, noch naar Bourges, noch naar Parijs. Zolang de instructie liep, logeerde hij in een bescheiden hotel voor handelsreizigers, vlak bij het station. Het koperen bed kraakte en de handdoeken waren tot op de draad versleten. Het enige gezellige moment in het etablissement was het ontbijt. De uitbaatster, een oorlogsweduwe, had samen met haar zus een boerderij aan de rand van de stad. De boter, de melk en de eieren kwamen ervandaan. Ze bakte zelf haar brood en maakte haar eigen jam.

Om halfacht 's ochtends voelde je al dat het een warme dag zou worden. De rechter had bij het wijd open raam ontbeten. Hij dacht aan de verdomde man en zijn hond. Eerlijk gezegd had hij hen sinds de vorige dag geen moment uit zijn hoofd kunnen zetten.

Hij had de gevangene halsoverkop moeten verlaten. Hij kon zich niet zomaar laten beledigen, rekening houdend met wat hij vertegenwoordigde. Maar in zijn binnenste voelde hij een vreemde fascinatie voor het koppige kereltje.

Tijdens die eindeloze oorlog had Lantier allerlei sentimenten gekend. Hij was begonnen als jonge idealist van zijn sociale klasse (een bourgeois, ondanks zijn kleinadellijke naam). Aanvankelijk telden alleen het Vaderland en daarmee samenhangend alle hoge ideeën: Eer, Familie, Traditie. Hij vond dat die de individuele mensen, hun onbeduidende particuliere belangen moesten overstijgen. En later, in de loopgraven, had hij die individuele mensen van nabij leren kennen en had hij het soms voor hen opgenomen. En wel in die mate dat hij zich, een keer of twee, had afgevraagd of hun lijden niet eervoller was dan de idealen in naam waarvan het hun werd aangedaan.

Toen men hem na de wapenstilstand tot militair rechter had benoemd, had Lantier dat als een gelukkige samenloop van omstandigheden beschouwd. Bij de legerstaf had men vast aangevoeld dat hij rijp was voor deze moeilijke evenwichtsoefening: het militaire wezen beschermen, de belangen van de Natie verdedigen en, eveneens, begrip opbrengen voor de menselijke zwakte.

Maar deze gevangene was anders. Hij maakte deel uit van beide kampen: de man was een held, hij had de Natie beschermd en tegelijkertijd kotste hij haar uit.

De hele ochtend had de rechter door de stad gekuierd. Hij had halt gehouden in een bistro voor de abdijkerk, en had de aantekeningen die hij de vorige dag in de gevangenis had genomen, in orde gebracht.

Hij was van plan om Morlac pas na de middag op te zoeken. Hij moest de man tijd gunnen om tot bedaren te komen en na te denken, ook al achtte hij dat weinig waarschijnlijk.

Toen op de klokkentoren het middaguur sloeg, waren de straten in een algehele versuffing gedompeld. Lantier doorkruiste de stad om te gaan eten in een restaurant dat hij had opgemerkt, in de buurt van de markthal. In alle huizen had men de blinden gesloten om de koelte van de vertrekken te vrijwaren. Achter de ijzeren poorten hoorde hij geluiden van vaatwerk en van vrouwenstemmen die uit de tuin opstegen: men trof voorbereidselen om buiten te eten.

Het restaurant was verlaten, op één tafel na, helemaal achterin, waar een oude man zat. Lantier du Grez ging op het andere uiteinde van de bank zitten, naast het raam. De kamer had een hoog plafond, muren bedekt met door vet vergeeld stucwerk en grote spiegels waarvan het kwikzilver helemaal was afgebladderd. De waard had de zeildoeken markies boven het terras uitgerold en alles wat open kon opengezet – deuren, ramen, bovenlichten – om voor een tochtstroom te zorgen. Maar de frituurdampen die uit de keuken opstegen, herleidden al zijn inspanningen tot niets en het was er bloedheet.

Het hele jaar door stonden dezelfde gerechten op de kaart, hoofdzakelijk zware maaltijden aangepast aan de regendagen. Lantier bestelde konijn op jagerswijze en hoopte tegen beter weten in dat de saus niet te vet zou zijn.

Hij vroeg een krant en de waard bracht hem een exemplaar van twee dagen geleden. Hij las de koppen, die hoofdzakelijk waren gewijd aan het bravourestukje van Charles Godefroy, de piloot die met zijn vliegtuig onder de Arc de Triomphe was gevlogen.

'U bent hier voor Morlac, nietwaar?'

De rechter keek de bejaarde aan die zich tot hem had gericht. De man verhief zich even van de bank, vaag groetend.

'Norbert Seignelet, procureur.'

'Aangenaam. Commandant Lantier du Grez.'

Er was een procureur in zijn sectie geweest, toen hij nog luitenant was. Een vitterig, aanmatigend heerschap dat voortdurend zanikte over de interpretatie van het reglement, om het zo veel mogelijk aan zijn laars te kunnen lappen. Toch had hij tijdens het eerste offensief vóór alle anderen de loopgraaf verlaten en was op twee meter afstand van de kazemat gesneuveld.

'Inderdaad, ik kom de zaak Morlac onderzoeken. Kent u hem?'

'Helaas ja, commandant, ik ken iedereen uit de stad, om niet te zeggen uit de streek. Dat is aan mijn beroep en aan mijn leeftijd te danken. Ik voeg eraan toe dat dit beroep al vijf generaties lang door mijn familie uitgeoefend wordt.'

Lantier knikte instemmend, maar ondertussen werd het dampende konijn hem voorgezet en hij probeerde stukken vlees uit het pannetje op te diepen zonder te veel saus te nemen.

'Toen ik hem op 14 juli met zijn hond voorbij zag lopen, had ik geen flauw idee...'

De procureur zette een zuinig gezicht, dat zowel een verontwaardigde uitdrukking kon aannemen als een openlijke glimlach, naargelang de wending die zijn gesprekspartner de conversatie zou laten nemen. Maar Lantier, die aan zijn konijn was begonnen, opteerde ervoor hem niet te helpen.

'En wat vond u ervan?'

De jurist kneep zijn ogen tot spleetjes en keek hem schuins aan.

'Ik was heel verbaasd. Ik had zoiets van hem niet verwacht.'

'Wat weet u van Morlac?'

'Voor de oorlog leidde hij een volstrekt onopvallend bestaan. Ik kende de familie maar oppervlakkig. Zijn vader was landbouwer, een erg vrome man, een harde werker ook. Hij en zijn vrouw kregen elf kinderen, maar daarvan zijn er slechts twee in leven gebleven, Jacques, die nu in de gevangenis zit, en Marie, zijn vier jaar jongere zus. Ze zien er schriel uit, zo op het eerste gezicht, maar laat u daardoor niet misleiden. Uiteindelijk zijn zíj in leven gebleven.'

'Is hij naar school gegaan?'

'Nauwelijks. In deze uithoeken is dat niet gebruikelijk, vooral als er in een gezin weinig kinderen zijn. De pastoor heeft hem een poosje lesgegeven, zodat hij heeft leren lezen en rekenen. Daarna is hij op het veld gaan werken, om zijn vader te helpen.'

Lantier knikte, maar eigenlijk probeerde hij vooral de in het vlees achtergebleven botsplinters uit zijn mond te halen. Hij dacht niet graag aan de manier waarop de dieren die hij at, waren geslacht. En toch, nu gebeurde dat onwillekeurig.

'En vrienden? Geen politiek engagement?'

'Hij kende een paar kerels uit de buurt. Hij zag hen op marktdagen, en nu en dan op een bal, ook al ging hij daar zelden naartoe. Wat de politiek aangaat, het is hier vrij kalm, hoor. De mensen stemmen zoals de pastoor. Je hebt wel een paar oproerkraaiers, vooral onderwijzers en spoormannen, die bijeenkomen in een café naast het station. O ja, vlak bij uw hotel.'

'U weet in welk hotel ik logeer?'

De procureur haalde de schouders op en deed niet de moeite te antwoorden, glimlachte alleen maar.

'En sinds hij uit de oorlog is teruggekeerd?'

'Hij heeft zich nauwelijks vertoond, behalve op die fameuze dag... Hij woonde in een gemeubileerde kamer. Omdat zijn zus getrouwd is en hij niet erg op zijn zwager gesteld is, had hij geen voet meer in zijn boerderij gezet. Maar dat is niet zo vreemd. Vele oud-strijders zijn compleet mensenschuw geworden.'

De officier vatte de opmerking persoonlijk op. Hij was nu eenmaal zelf een oud-strijder. En alles welbeschouwd moest hij toegeven dat hij niet veel mensen meer zag en dat men wellicht vond dat hij zich raar gedroeg.

'Heeft hij een vrouw?'

'Daar vraagt u me iets. Hij heeft nooit met iemand samengewoond. Maar er is een vrouw, uit een dorpje vlakbij, over wie men een poos heeft gezegd dat ze zijn liefje was. U weet hoe dat gaat: de mensen babbelen erop los, maar wat klopt ervan?'

'Hoe heet ze?'

'Valentine. Ze woont in Vallenay, aan de rand van het gehucht.'

‘Heeft ze nog familie?’

‘Nee, iedereen is gestorven tijdens een roodvonk-epidemie. Ze heeft een boerderijtje geërfd, dat ze verpacht. Het brengt haar een habbekrats op, en voorts vlecht ze rieten manden. O ja, dat vergat ik nog. Ze heeft een kind.’

‘Hoe oud?’

‘Een jaar of drie.’

‘Is het van Morlac?’

‘Ik zou het niet weten.’

‘Maar hij was naar de oorlog...’

‘Hij heeft zijn verlof hier doorgebracht.’

Lantier had zijn konijn op gekregen. Met de saus en de warmte brak het zweet hem uit. Hij knoopte zijn vest los en wiste zijn voorhoofd af. De komende uren zouden lastig worden. Hij kon beter terugkeren en een dutje doen.

De procureur kon hem niet veel informatie meer geven, maar in ruil voor zijn inlichtingen wilde hij de geheimen van de legerstaf horen. Boter aan de galg, want geeuwend betaalde de rechter zijn rekening en hij nam afscheid, zonder zijn jasje opnieuw aan te trekken.

III

Het was bijna vier uur toen Lantier het konijn op jagerswijze had verteerd en, nog altijd lichtjes misselijk, het hotel verliet om naar de gevangenis te gaan. Hij kende de stad nu al goed genoeg om een binnenweggetje te nemen en de kazerne rechtstreeks te bereiken.

Eerst had hij de indruk dat de hond niet langer blafte. Dat was omdat hij via een andere weg, aan de achterkant van het gebouw, aankwam. Zodra hij de hoek omsloeg, hoorde hij hem. Het leek alsof het dier minder hard jankte. De uitputting, wellicht. De cipier zei dat de hond in drie dagen tijd maar één keer had gezwegen, gisteren, tijdens het bezoek van de rechter.

'Gaat hij 's nachts ook tekeer?'

''s Nachts ook', knikte Dujeux, terwijl hij in zijn door de slapeloosheid gezwollen ogen wreef.

'En niemand in de buurt zegt iets?'

'Ten eerste wonen er niet veel mensen hier in de buurt. En, met uw welnemen, commandant, maar ten tweede denk ik dat men het hier niet zo voor de militairen heeft. Natuurlijk zeggen de mensen dat ze trots zijn op de legerleiders, zoals ze ook dwepen met de poilu's. Maar ze zijn niet vergeten dat de gendarmes hen kwamen ophalen in de boerderijen, en dat de officieren schoten op wie de moed verloor. U moet weten dat dit gevang vier jaar aan één stuk vol zat met kerels die voor de krijgsraad werden gedaagd omdat ze geprobeerd hadden onder te duiken.'

'Bedoelt u nu dat de mensen de zijde van Morlac kiezen?'

'Misschien niet zozeer zijn kant, maar, u begrijpt, hij is onze laatste gevangene. En dat geval met die hond, dat heeft de mensen geraakt. 's Nachts zie ik geregeld schimmen voorbijglippen, die het mormel te eten komen geven.'

De officier liet zich bij Morlac binnenbrengen. Ditmaal lag hij niet te slapen. Hij was aangekleed en zat op de grond van zijn cel te lezen, profiterend van een binnenvallende zonnestraal waarin stofdeeltjes dansten.

'U hebt zichzelf kennelijk weer onder controle. Goed, dan kunnen we verdergaan.'

Lantier ging op dezelfde plaats zitten als de vorige dag, op een van de britsen.

'Kom tegenover me zitten, alstublieft.'

De gevangene kwam langzaam overeind, legde zijn boek op de rand van de matras en ging zitten. In zijn burgerkleren zag hij er minder uit als een gek die je in het ziekenhuis gaat opzoeken.

'Wat leest u? Mag ik even kijken?'

De rechter boog voorover om het boek te pakken. Het was een kwartoformaat met versleten hoeken. De bladzijden hadden gekrulde randen. Het volume had vast in heel wat zakken gezeten en het was duidelijk ettelijke keren nat geworden.

'Victor Hugo. *Han van IJsland*.'

Lantier sloeg de ogen op en keek het koppige boertje dat voor hem zat onderzoekend aan. Even dacht hij een glimlach om zijn lippen te zien. Maar meteen had de verdachte weer zijn mokkende uitdrukking aangenomen, zijn starre, achterdochtige blik.

'Ik dacht dat u niet naar school was geweest.'

'Dat is mijn school', zei Morlac, terwijl hij met zijn kin naar het boek wees. 'Dat en de oorlog.'

De rechter legde het boek neer en maakte een notitie in zijn schriftje. Hij voelde zich weinig op zijn gemak om het verhoor op dat terrein voort te zetten. Op literair vlak hield hij van de Grieken en Cicero, van Pascal en de Franse klassieke auteurs. Van de hedendaagse schrijvers had hij alleen diegenen gelezen die het vaderland bejubelden, vooral Barrès. In zijn omgeving dweepte men zowel met de monarchie als met het keizerrijk, met andere woorden: met het gezag. En men keek neer op de Republiek, die door haar bard Victor Hugo werd bezongen.

'Laten we voortgaan waar we gebleven waren', zei Lantier, terwijl hij zijn aantekeningen raadpleegde. 'U bevond zich in de Champagne. Hebt u verlof gekregen tijdens de zes maanden die u daar hebt doorgebracht?'

'Ja.'

'En u bent hiernaartoe gekomen?'

'Ja.'

'Met uw hond?'

'Nee, die is daar op me blijven wachten. De jongens hebben op hem gepast.'

'Daarna werd u ingelijfd bij het Oriëntleger. En is hij u daar gevolgd?'

'Mijn regiment is eerst naar Toulon getrokken, met de trein. De hond was bij ons. Maar ik was er zeker van dat hij niet verder zou komen. Zolang we ergens bivakkeerden, wist hij zich nog te redden. Maar de haven, dat was andere koek. In het Arsenaal hadden de mariniers het op de dieren gemunt, en ze aarzelden niet ze neer te schieten. We waren nog maar twee dagen op de kade, of de hond was verdwenen.'

'Bent u ingescheept in een militair schip?'

'Nee, in een opgeëiste cargo, de *Oran*. Het was een oud roestig wrak dat voor de oorlog heen en weer pendelde tussen de koloniën. Voor de afvaart zijn we vier dagen aan boord gebleven. Het rook er naar palmolie en drek, want in het ruim zaten wel vijftig paarden, voor de hogere graden. Iedereen moest kotsen en we waren nog niet eens op zee.'

'En de hond was aan boord?'

'Dat zijn we pas later te weten gekomen. Het is niet te geloven, maar hij moet hebben beseft dat hij zich niet mocht vertonen zolang we aan de kade lagen. De tweede dag van de overtocht is hij uit zijn schuilplaats tevoorschijn gekomen.'

'De officieren hebben hem niet overboord gegooid?'

'De officieren, die kregen we niet te zien', siste Morlac.

Terwijl hij de rechter aankeek, flitste de achterdochtige blik weer even over zijn gezicht.

'Zij zaten in de mess, met de kapitein, wellicht om te vermijden dat we hen zagen overgeven.'

'De onderofficieren misschien?'

'Ik zei het al, het is een slimme hond. Toen hij zich vertoonde, hield hij een rat in zijn muil. De voorbije vier dagen hadden we al kunnen vaststellen dat het in het schip krioelde van het ongedierte, dus was iedereen tevreden dat hij in het ruim orde op zaken stelde.

'Is hij de regimentshond geworden?'

'Nee, want hij weigerde die rol te spelen. Hij heeft altijd beseft dat hij mijn hond was. Hij lag aan mijn voeten, sliep naast me, en zodra iemand in mijn buurt kwam die zich verdacht gedroeg, begon hij te grommen.'

De toon die Morlac aansloeg, had iets vreemds. Hij sprak honderduit over zijn hond en deed dat in gunstige bewoordingen. Maar er klonk geen warmte in zijn stem. Veeleer misprijzen, of spijt. Het leek alsof hij de kwaliteiten die hij beschreef, ten strengste afkeurde.

'Hebt u hem een naam gegeven?'

'Ik niet. De anderen. Nadat hij in de trein was gesprongen, hebben de jongens hem voor de grap Wilhelm genoemd. Naar de keizer.'

'Dat had ik wel door', zei Lantier, lichtjes op zijn tenen getrapt.

Hij schreef de naam van de hond op en merkte, nu het verhoor even was onderbroken, dat het dier opnieuw stil was.

'En hoe stelde "Wilhelm" het in Thessaloniki?'

'Hebt u soms een sigaret?'

Ditmaal was de rechter op de vraag voorbereid. Hij had een pakje grijze tabak en vloeitjes meegebracht. Morlac begon met zijn vingers een sjekkie te draaien. Zoals elke poilu had hij de handeling onder de knie. Maar je kon zien dat hij opzettelijk heel traag te werk ging, omdat het belangrijkste doel, daar waar hij nu zat, erin bestond de tijd te doden.

'Thessaloniki,' hernam hij zonder zijn ogen van het werk op te slaan, 'dat was pas een vreemde plek.'

Hij had een forse sigaret gerold en kneedde ze tussen zijn door de handenarbeid zwart gekleurde vingers.

'Ik heb nooit zoveel verschillende mensen bij elkaar gezien. Fransen, Engelsen, Italianen, Grieken, Serviërs, Senegalezen, Annamieten, Armeniërs, Albanezen, Turken.'

'Maar het was een Franse generaal die het expeditiekorps commandeerde, toch?'

'Commandeerde! En wat commandeerde hij dan wel? Dat vraag ik u! Niemand sprak dezelfde taal. Niemand wist wat hij moest doen of waar hij naartoe moest. En de haven, dat overtrof alles. Een hond te midden van zo'n zootje hoefde zich geen zorgen te maken. Nee, voor hem was het een paradijs. Vuilnishopen op de kaden, karkassen van allerlei dode dieren die in de zon lagen te rotten, mensen die op de grond zaten te eten en hun botjes of schillen gewoon achter zich gooiden: hij hoefde niet eens meer op ratten te jagen.'

'U bent niet in de haven gebleven?'

'Jawel, een paar dagen, tot alles aan land was gebracht met oude kranen die om de haverklap vastliepen. De officieren jaagden hun paarden van hot naar haar. De staf stuurde voortdurend bevelen en tegenbevelen. Niemand snapte er nog iets van.'

'Daarna werd u naar Thessaloniki zelf overgebracht?'

'Stel u voor! We moesten in de stad defileren, met muziek en vlaggen. We waren blij, want het was een mooie stad, het centrum toch. Er waren brede lanen, met palmbomen, platanen. Maar daarna trokken we door smerige voorsteden en ten slotte kwamen we op het platteland terecht, waarna het noordwaarts ging. Terwijl we oprukten, lieten we een verduvelde stofwolk opwaaien, die maar niet wilde gaan liggen. Let wel, als je oorlog voert bij het voetvolk, moet je alles kunnen verdragen.'

Bij die woorden hield hij zijn ogen neergeslagen, alsof hij zijn verwarring wilde verbergen. Lantier voelde zich opeens erg met hem verbonden. Hij werd overvallen door beelden van eindeloze marsen en uitputtende waken, herinneringen aan afschuwelijke angst, honger, koude, dorst, allemaal kriskras door elkaar. Hij had de indruk dat de ander huiverde in de stilte die zopas was ontstaan.

'Om kort te gaan,' besloot Morlac droogweg, 'laten we het erop houden dat het heet was.'

Hij nam een lange haal aan zijn sigaret.

'Ten noorden van de stad, in de vlakte, had je een groot kamp. Het was goed georganiseerd, maar we zijn er alleen langsgelopen. Telkens als we ergens aankwamen, dachten we dat het voorbij was, dat we ons zouden installeren. Maar we trokken telkens weer verder, telkens weer naar het noorden. Het terrein werd voortdurend bergachtiger, de straten lagen vol keien, en daarover moest je het materiaal rollen. We begrepen heel goed wat de bedoeling was: wij werden naar het front gestuurd.'

'Was het front ver van Thessaloniki verwijderd?'

'Wisten wij veel, in het begin? Gelukkig waren er mannen die terugkeerden en die het over de gevechten hadden. Alleen zo kwamen we te weten dat Servië onder de voet was gelopen, dat het gebied werd bezet door Oostenrijkers en Bulgaren en dat wij oprukten om de regio te heroveren. We vernamen dat bij toeval, met stukjes en beetjes, te midden van die hele geruchtenmolen. We wisten niet wat waar of wat niet waar was. In Thessaloniki hadden we over het lenteoffensief horen praten. Uiteindelijk begrepen we dat het vertraging had opgelopen en dat het nu zou beginnen. Het zou ons rechtstreeks op het dak vallen. Daarom wisten we al wat ons te wachten stond toen we naar de eerste linie werden gestuurd.'

De soep was aangekomen. Ze werd in het ziekenhuis bereid, samen met het eten van de patiënten, en elke avond bracht een hulpverzorger een blik met vier borden inhoud naar de gevangenis: twee voor de arrestant en twee voor Dujeux. Die bestierf het haast omdat hij de officier moest storen, maar in zijn ogen was de soep een echt geval van force majeure: hij at graag warm en hij had het bevel gekregen niets aan te raken zolang de gevangene niet was bediend. Lantier staakte zijn verhoor en verliet de gevangenis. Hij nam zich voor de volgende dag niet opnieuw de vergissing te begaan zo laat aan te komen.

*

De rechter had erg slecht geslapen. Een groep fuifnummers had midden in de nacht onder zijn raam staan brallen, en daarna had hij geen oog meer dichtgedaan. Hij dacht aan Morlac, aan zijn weigering de reddingsboeien aan te pakken die hij hem had toegegooid. Waarom zei hij niet gewoon dat hij dronken was geweest? Waarom gaf hij niet toe dat hij zielsveel van zijn hond hield en dat hij daardoor even het hoofd had verloren? Hij zou een lichte straf oplopen en er zou niet meer over gerept worden.

Tegelijkertijd, zonder goed te weten waarom, was Lantier hem ook wel dankbaar dat hij geen voetbreed wilde wijken. Sinds hij tot rechter was benoemd, had hij al veel simpele zaken behandeld: ronduit schuldige beklaagden of volslagen onschuldigen. Het was niet erg boeiend allemaal en in die gevallen deed hij zijn uiterste best om de zaak ingewikkelder te maken, om bij de schuldige enig idealisme bloot te leggen en bij de onschuldige een duistere kant.

Bij Morlac voelde hij dat hij te maken had met een complexere gevangene, bij wie goed en kwaad door elkaar vloeiden. Het was irritant, revolterend zelfs, als je erover nadacht. Maar hij moest tenminste een geheim doorgronden.

Hij stond voor dag en dauw op. Op de begane grond van het hotel was het nog donker, maar achter de glazen deur van het kantoor brandde licht. Georgette, de oude kokkin van het hotel, pookte de kachel op. Ze liet Lantier plaatsnemen aan de hoek van de met faiencetegels ingelegde tafel waarop de schotels werden neergezet.

'Kent u Vallenay, een gehucht ergens in de buurt?'

'Dat ligt op de weg naar Saint-Amand, drie kilometer hiervandaan.'

'Zou iemand me daar vanochtend naartoe kunnen brengen?'

'Hoe laat denkt u terug te keren?'

'Voor het middageten.'

'In dat geval kunt u de fiets nemen, die op de binnenplaats staat. Mevrouw leent hem nu en dan uit aan gasten die de streek willen verkennen.'

Toen Lantier vertrok, sijpelde het zonlicht als een streng glanzende doornen door de hagen. Voorbij het station bevond hij zich onmiddellijk in de velden en het was er levendiger dan in de stad. Allerlei karretjes reden over de weg, voorgespannen paarden begonnen op de akkers te werken. Je kon horen hoe de boeren die ze vooruitdreven met hun tong klakten. In de nog koele lucht vlogen de zwaluwen in onstuimige cirkels rond.

Na een lange helling daalde de weg weer af naar een brede vlakte bezaaid met vijvers die in elkaar overvloeiden. 's Winters maakten ze de omgeving nog vochtiger. Op hun oevers groeiden wilgen en de velden eromheen, die zes maanden per jaar blank stonden, werden door gaspeldoorns opengereten. Maar in deze hitte voelde de plek koel aan, lommerrijk en minder droog dan de stad.

Nadat hij een oude voerman had ondervraagd, kwam de rechter vanzelf terecht bij het huis waar Valentine woonde. Hij hoefde alleen maar het paadje te volgen dat naast de laatste plas liep. Zelfs in het hartje van de zomer dook de weg nu en dan onder in zwarte, zompige modder en moest je op de stenen springen die men er had uitgestrooid. Lantier verstopte zijn fiets in een bosje meidoornstruiken en ging te voet verder.

Valentine zat in haar moestuin, een vierkante lap grond die ze sinds jaar en dag met de hand bewerkte. Daardoor had ze knokige vingers gekregen, met zwarte nagelranden. Ze richtte zich nooit tot iemand zonder haar handen op de rug te kruisen, om ze te verbergen.

Toen ze de militair zag verschijnen op het pad dat naar haar huis liep, liet ze haar mand los en richtte zich op, haar handen achter in de lenden samengevouwen.

Lantier du Grez hield halt op een paar passen afstand en nam zijn muts af. In de zon zag zijn uniform er versleten en haast agressief uit – het was immers absurd in die warmte zo gekleed te gaan. Je deed dat alleen maar als je je moedwillig van de andere stervelingen wilde afscheiden om het gezag te incarneren. Nu de oorlog voorbij was, leek het alleen maar belachelijk.

'U bent... Valentine.'

De procureur had hem een voornaam gegeven. Dat was voldoende om haar te kunnen vinden, maar nu hij zich tot haar richtte, kon zijn onwetendheid voor gemeenzaamheid doorgaan, en hij kreeg een kleur.

Het was een rijzige, magere vrouw. Hoewel ze een armtierige blauwlinnen jurk droeg, zag ze er niet als een boerin uit. Haar lange blote armen waar dikke aders over liepen, haar bruine, eenvoudige kapsel dat ze wellicht geknipt had met de schaar die ze ook voor de schapen gebruikte, haar benige gezicht, alles in haar deed denken aan de natuur. Niet de vredige natuur, maar veeleer de beproevingen die ze je laat verduren als ze ruig is en je van haar afhankelijk bent voor je bestaan. De averij toegebracht door winter en arbeid was er niet in geslaagd de nobele schoonheid van haar lichaam aan te tasten. Die eigenschap, die van alle kanten werd bestookt, lag in haar ogen besloten. Valentine had donkere, maar glanzende ogen, een oprechte, heldere blik, niet alleen door de manier waarop hij haar medemens opnam, maar vooral omdat hij rechtstreeks toegang verstrekte tot haar ziel. Ondanks haar schamele uiterlijk gaf ze met die blik te kennen dat ze haar toestand weliswaar aanvaardde, maar ook dat ze weigerde zich erbij neer te leggen. Het was meer dan trots: provocatie.

Een kind was op de drempel van het huis verschenen zodra het de stemmen had gehoord. Met een teken beval Valentine de kleuter te verdwijnen. Het jochie zette het op een lopen naar het bos.

'Wat wilt u van me?'

Tijdens de vier oorlogsjaren was een militair bezoek steevast de aankondiging van een overlijden geweest. Dat was nog niet helemaal verdwenen. Lantier deed zijn best om te glimlachen en zich hartelijk te gedragen. Hij vermeldde zijn rang en functie. Het woord 'krijgsraad' deed de jonge vrouw opschrikken: 'En hoe ben ik...'

'U kent Jacques Morlac?'

Ze knikte van ja, terwijl ze een blik wierp op de bosrand, alsof ze zich ervan wilde vergewissen dat het kind niet meer te zien was. De zon stond al hoog aan de hemel en de warmte had de laatste koelere hoekjes ingepalmd. Lantier voelde het zweet onder zijn oksels stromen.

'Is er een plekje waar we kunnen praten?'

Hij bedoelde 'in de schaduw'.

'Kom', zei ze en ze bracht hem naar het huis.

De deur stond wijd open. Nu Lantier niet meer in de volle zon stond, duurde het even voor zijn ogen zich aan de duisternis van het vertrek hadden aangepast. Hij struikelde over de onregelmatige terracottategels en greep zich vast aan de hoek van een groot buffet. Valentine reikte hem een stoel aan en hij ging zitten, met een elleboog op tafel. Ze bracht een kruik water en een fles siroop. De dop was kleverig van de suiker en Valentine wuifde met haar hand om de vliegen weg te jagen.

Lantier probeerde het vertrek zo onopvallend mogelijk op te nemen en was verbaasd. Het was niet het interieur van een boerin. Natuurlijk waren ze op het platteland: aan het plafond hingen bossen gedroogde kruiden, de rekken naast de schoorsteen stonden vol bokalen en allerhande jamsoorten en conserven, achter het gaas van een vliegenkast verspreidden kazen en gepekelde waren hun geuren. Maar heel wat andere details vielen uit de toon. Om te beginnen waren de muren met reproducties bedekt. Meestal ging het om illustraties die uit tijdschriften waren geknipt. Het papier was gekruld door de vochtigheid en de inkt was uitgelopen. Maar je kon meesterwerken herkennen, zoals de *David* van Michelangelo of Uccello's *Slag bij San Romano*. Er zaten ook minder bekende afbeeldingen tussen, gezichten, naakten, landschappen, en er waren opvallend veel schilderijen bij van de kubistische avant-garde, waar Lantier zo'n hekel aan had.

Maar vooral, de volledige lengte van een muur was met boeken bedekt.

De officier kon zich ternauwernood bedwingen op te staan en naar de omslagen te kijken, om te weten waarover het ging. Vanaf een afstand kon hij al zien dat het geen liefdesromannetjes waren. Om de meeste boeken zaten strenge stofwikkels in doffe kleuren, niet de bonte omslagen van de populaire uitgaven.

Valentine ging op haar beurt zitten en haar blik liet hem niet meer los. Ze glimlachte, maar de ernst van haar ogen ontdeed de glimlach van alle warmte. Om zich een houding te geven, nam Lantier een teugje van zijn siroop.

IV

'Ik ben belast met het onderzoek naar de zaak van een soldaat die in de stad gevangen zit, een kennis van u.'

Valentine had het goed begrepen, maar knipperde alleen met haar ogen. Ze had zichzelf goed onder controle.

'Hij heet Jacques Morlac.'

Het was nogal idioot hem voor te stellen, want ze wisten allebei over wie het ging. De rechter was boos op zichzelf dat hij haar in de kaart speelde. En om zichzelf te bewijzen dat hij weerstand bood, besloot hij haar geen slag meer te gunnen en vroeg zonder omwegen: 'Hoe hebt u hem leren kennen?'

'Zijn boerderij lag niet ver hiervandaan.'

'Ik dacht...'

'Ja, via de weg is het vrij lang. Maar als je het paadje neemt dat tussen de vijvers loopt, ben je er in tien minuten.'

'Dus eigenlijk kent u hem al uw hele leven.'

'Nee, want ik ben hier niet geboren. Ik was vijftien toen ik hier kwam wonen.'

'Men heeft me verteld dat uw familie is gestorven tijdens een roodvonkepidemie.'

‘Alleen mijn zus en mijn moeder.’

‘Uw vader?’

Ze sloeg de ogen neer en frunnikte boven haar knie aan de stof van haar jurk. Daarna hief ze het hoofd en keek de officier weer recht in de ogen.

‘Hij had een ziekte.’

‘Is roodvonk dan geen ziekte?’

‘Een andere.’

Hij voelde dat hij hier op een onwennig, geheim terrein was aanbeland, maar wilde haar niet dwingen confidenties te doen. Per slot van rekening was het een ontmoeting, en geen verhoor. Het zou niets opleveren als hij haar nog meer in het defensief drong.

‘Dus u bent hier na de dood van uw ouders aangekomen. Waarom heeft men u hiernaartoe gestuurd?’

‘Mijn ouders hadden in de omgeving een paar stukken grond. En een van mijn oudtantes woonde in dit huis. Zij heeft me opgevangen. Twee jaar later stierf ze en bleef ik alleen achter.’

In de kamer dreef een parfum van eau de cologne, wellicht huisgemaakt, zoals je die aantreft bij oude vrijsters en in kloosters. Het slaagde er maar half in de geuren van koude houtblokken en salpeter te overstemmen.

'Waar woonde u met uw ouders?'

'In Parijs.'

Dat was het dus. Haar ongeluk had niets te maken met haar armoedige leven, hier, op het platteland, maar alles met het feit dat ze andere dingen had gekend en verhoopt. Ze leefde in ballingschap in dit afgelegen oord. De reproducties en boeken waren de voorwerpen die ze uit de schipbreuk had weten te redden.

'Hoe oud was u toen u Morlac leerde kennen?'

'Achttien.'

'Hoe?'

Het was duidelijk dat ze dat een indiscrete vraag vond. Maar ze dwong zichzelf erop te antwoorden zoals op al de rest. Lantier had de indruk dat ze erg bedreven was in dit spel en dat haar eerlijkheid slechts een scherm was, waarachter het voornaamste verborgen moest blijven.

'Op dat ogenblik had ik nog dieren, en ik had stro nodig. Ik ben er bij hem gaan kopen. Zo te zien vielen we bij elkaar in de smaak.'

'Waarom bent u niet getrouwd?'

'We wilden wachten tot ik de juiste leeftijd had. En toen brak de oorlog uit en is hij weggegaan.'

'Met de hond?'

Ze barstte in schaterlachen uit. Hij had niet gedacht dat ze zo kon lachen, uitbundig, met op haar gezicht een vluchtige, maar onmiskenbare uiting van plezier. Hij zei bij zichzelf dat ze vast met dezelfde kracht moest liefhebben en dat bracht hem van zijn stuk.

'Ja, met de hond. Maar wat maakt dat uit?'

'U weet waaraan hij zich schuldig heeft gemaakt.'

'O, dat?'

Ze haalde haar schouders op.

'Hij is een held, toch? Ik snap niet dat ze hem voor zo'n akkefietje lastigvallen.'

Ze had 'held' op een eigenaardige manier uitgesproken, alsof ze een woord gebruikte ontleend aan een vreemde taal.

'Het is geen akkefietje', zei Lantier kortaf. 'Het is een belediging aan de Natie. Maar ik ben het met u eens, we zouden zijn verdienste in de strijd in rekening kunnen brengen en er de spons over kunnen halen. Dat probeer ik hem trouwens al de hele tijd voor te stellen. Maar dan zou hij zijn verzet moeten opgeven.'

'Wat bedoelt u?'

'Hij zou zich moeten verontschuldigen, de zaak bagatelliseren, zeggen dat hij gedronken had of met een andere uitleg voor de dag komen.'

'Weigert hij dat te doen?'

'Niet alleen weigert hij, maar bovendien maakt hij alles erger door zijn onbezonnen uitspraken. Het lijkt wel alsof hij op een veroordeling aanstuurt.'

Er verscheen een vreemde glimlach op het gezicht van Valentine, die in het ijle staarde. Daarna maakte ze een bruusk gebaar, alsof ze met de zijkant van haar hand iets van tafel veegde. Inderhaast stootte ze de fles siroop om, die op de grond viel. Het was het signaal voor heel wat commotie. Ze stond op, net zoals Lantier. Ze haalde onder een kast een dweil tevoorschijn, veegde de glasscherven met een bezem bijeen. De officier wilde zich nuttig maken, maar wist niet hoe. Uiteindelijk liet hij haar begaan en omdat hij nu toch overeind stond, maakte hij van de gelegenheid gebruik om naar de schappen te gaan waarop de rijen boeken stonden.

Hij las in het wilde weg een paar titels, de meest opvallende. Er zaten verschillende romans van Zola tussen. Hij zag ook *Julie of de nieuwe Heloïse* van Rousseau staan en op een ander omslag had hij Jules Vallès gelezen, maar dat wist hij niet zeker.

'Ziezo,' zei Valentine, 'excuseer. Alles is in orde. Waar waren we al weer gebleven?'

Ze duwde hem naar de tafel: kennelijk wilde ze hem zo snel mogelijk bij de boekenrekken vandaan krijgen. Hij ging opnieuw zitten en dacht lang na voordat hij weer het woord nam.

'U moet weten, mevrouw, dat de zaak die Morlac aanbelangt wellicht een van de laatste is die door mij zal worden behartigd. Ik ben van plan het leger te verlaten en een burgerleven te leiden. Ik zou graag eindigen met een positieve noot, een goede herinnering aan mijn functie behouden als het ware. Indien ik de gevangene ervoor kon behoeden zijn ondergang tegemoet te lopen, zou dat me heel gelukkig maken en zou ik met een lichter gemoed kunnen vertrekken. U ziet, dat zijn erg egoïstische motieven.'

Hij schaamde zich ervoor te zeggen dat hij de zaak heel persoonlijk opvatte. Maar dat had zij allang door.

'Morlac is inderdaad een held', vervolgde hij. 'De overwinning is aan mensen zoals hij te danken. Ik wil hem graag redden. Maar dat kan alleen tegen zijn zin gebeuren, want zelf stelt hij alles in het werk om veroordeeld te worden, en ik snap niet waarom. Daarom ben ik hiernaartoe gekomen.'

Ze keek hem met een onbewogen gezicht aan. Ze wachtte op het vervolg.

'Mag ik u een indiscrete vraag stellen, die me niettemin ontzettend belangrijk lijkt?'

Ze gaf geen antwoord en, zoals ze had aangenomen, verwachtte hij dat ook niet.

'Is uw kind van hem?'

Ze wist dat de vraag niet kon uitblijven.

'Jules is zijn zoon.'

'Hij is nu drie, dus dat betekent dat hij... tijdens de oorlog werd verwekt.'

'Jacques heeft zijn verlof hier doorgebracht en zolang hij hier was, hebben we haast aan één stuk gevrijd.'

Lantier voelde dat hij een kleur kreeg, maar ging zo op in het onderwerp dat hij zich niet door pudeur wilde laten afremmen.

'Heeft hij hem erkend in het gemeentehuis?'

'Nee.'

'Hij had dat kunnen doen.'

'Ja.'

'Maar hij heeft dat niet gedaan.'

'Nee.'

Lantier stond plotseling op en liep naar de deur. Hij hield even halt op de drempel, met opengesperde ogen, geschroeid door de zon. De kleuter was teruggekeerd. Het jochie liep gekleed in aan elkaar genaaide, aardekleurige lappen lakense stof. Hij had een mol gevangen en prikte hem met een stok, zonder haat maar ook zonder medeleven.

'Hebt u hem sinds zijn terugkeer gezien?' vroeg hij.

'Nee.'

'Toch is hij om uwentwil teruggekomen.'

'Dat denk ik niet. Dat hij terug is gekeerd, heeft vast met de boerderij te maken.'

'Alleen heeft hij daar nog geen voet gezet. Hij woonde in een gemeubileerde kamer in de stad.'

Hij had deze informatie gelezen in het verslag van de gendarmes. De boerderij van Morlac werd sinds het huwelijk van zijn zus uitgebaat door zijn zwager. Hij had hen na zijn terugkeer niet eens een bezoekje gebracht. Hij was onder een valse naam in een familiepensionnetje ingetrokken, maar de uitbaatster had hem onmiddellijk herkend. Ze had zijn bizarre gedrag aan een oorlogstrauma geweten.

'Dat wist ik niet', zei ze.

'Heeft hij geprobeerd zijn zoon te ontmoeten?'

'Bij mijn weten niet.'

'Zou u dat toegestaan hebben?'

'Natuurlijk.'

'Mag ik hem dat zeggen?'

Ze schokschouderde.

'Bent u van plan hem in de gevangenis op te zoeken?'

'Geen idee.'

Het was duidelijk dat ze eraan dacht, en dat al een hele tijd. Iets hield haar tegen en Lantier durfde niet te vragen wat.

Toen hij op de fiets terugreed, beukte de zon ongenadig op zijn hoofd. Hij zag hoe het voorwiel slingerde als gevolg van de vermoeidheid en de warmte.

Hij nam het zichzelf kwalijk dat hij geen andere vragen had gesteld.

*

De klok van de abdijkerk sloeg twee uur toen Lantier de fiets opnieuw op de binnenplaats van het hotel stalde. Hij liep de trap op naar zijn kamer om zich snel op te frissen en een schoon hemd aan te trekken. Daarna ging hij naar de eetzaal, waar Georgette, de kokkin, zijn couvert op de tafel had laten staan. In een met een witte theedoek bedekt bord vond hij een lottestaart en schorsenerenpuree. Twee achteloos achterovergeslagen glazen bordeaux dwongen hem naar zijn kamer te gaan voor een kort middagdutje.

Het was haast halfvier toen hij zich naar de gevangenis begaf. De warmte was enigszins geluwd. Ze werd gekleurd door een vleugje oostenwind dat koelere lucht en bosgeuren aanvoerde. Op momenten zoals deze voelde Lantier zich al helemaal klaar voor het burgerleven. Hij had dan bij voorbaat heimwee naar het soldatenbestaan. Hij zei bij zichzelf dat hij dat leven zou missen. Hij voelde zich in zijn element als hij de stad doorkruiste in het dichtgesnoerde uniform dat hij weldra niet meer zou dragen.

Toen hij de hoek van de Dantonstraat omsloeg, kwam hij terecht in de volle zon op het plein tegenover de gevangenis. Hij struikelde haast over een lichaam dat dwars over het trottoir lag. Het was Wilhelm, de hond van Morlac. Hij lag op zijn zij en zijn tong hing helemaal uit zijn snuit, tegen de plaveien. Hij leek uitgeput door al die dagen en nachten dat hij aan één stuk had gehuild. Zijn ogen lagen diep in hun kassen en blonken van de koorts. Hij had vast vreselijke dorst. Lantier liep naar een fonteintje op een hoek van het plein, in de schaduw van een linde. Hij pakte de zwengel vast en zette de pomp in werking. Zodra de hond het water hoorde stromen, kwam hij moeizaam overeind en strompelde naar het fonteintje. Hij dronk met afgemeten likjes terwijl Lantier het bronzen, krakende handvat bleef aanzwengelen.

Toen de hond eindelijk zijn dorst had gelest, ging de rechter op een bank bij de waterput zitten, nog altijd in de schaduw. Hij vroeg zich af of Wilhelm naar het plein zou terugkeren en opnieuw zijn geblaf zou aanheffen. Maar nee, hij bleef op zijn post voor de bank, de officier strak aankijkend.

Van nabij zag het dier er deerniswekkend uit. Het deed echt aan een oude krijger denken. Verschillende littekens op zijn rug en flanken getuigden van kogel- of granaatwonden. Je wist zo dat ze niet verzorgd waren geweest en dat de huidlagen zich zo goed en zo kwaad als het ging hadden gehecht, zodat bultjes, harde korsten en eeltplekken waren ontstaan. Hij had een misvormde achterpoot en wanneer hij opzat, moest hij die schuin zetten om niet omver te vallen. Lantier strekte zijn hand uit en de hond kwam dichterbij om zich te laten aaien. Zijn schedel voelde onregelmatig aan, alsof hij een gedeukte helm had gedragen. De rechterkant van zijn snuit was lichtroze en er groeide geen haar meer op, als gevolg van een diepe brandwond. Maar midden in het gehavende gezicht glansden twee aandoenlijke ogen. Wilhelm verroerde geen vin onder de streling. Je voelde dat hij was afgericht om niet te bewegen, om zo weinig mogelijk lawaai te maken, behalve als hij alarm sloeg. Maar hij slaagde erin om alleen met zijn ogen alle gevoelens uit te drukken die andere honden met behulp van hun staart en hun poten uitten, door te janken of over de grond te rollen.

Lantier bestudeerde de manier waarop de oude lobbes fronste en daarbij lichtjes de kop boog, hoe hij zijn ogen wijd openzette als hij zijn vreugde kenbaar wilde maken, en hoe hij ze argwanend tot spleetjes kneep om te zien wat de mens met wie hij geconfronteerd werd, van plan was of verlangde. Met zijn mimiek en de expressieve trillinkjes van zijn hals bespeelde hij het hele palet van emoties. Hij liet zijn gevoelens blijken, maar reageerde in de eerste plaats op die van de anderen.

Op zijn bank, bevangen door de hitte, voelde de rechter een oneindige vermoeidheid opkomen. Na vier jaar dienst als strijder voor het vaderland en twee jaar als handhaver van orde en gezag die arme stumperds moest veroordelen, was hij totaal uitgeblust. Zopas had hij al heimwee gevoeld naar het militaire leven; nu echter betreurde hij veeleer de leegte die dat bestaan in hem had achtergelaten. Zou hij ooit in staat zijn iets anders te verrichten?

De hond had wellicht aangevoeld hoe ontmoedigd hij was. Hij was dichterbij gekomen en had zijn snuit op zijn knie gelegd. Zijn ademhaling klonk trager. Hij liet een pijnlijk gehijg horen.

Lantier was hem nog altijd aan het strelen. Zijn hand gleed liefkozend over de gespierde nek van de hond; ze krabde zijn oren en het dier schudde gelukzalig met zijn kop.

Ook hij had vroeger een hond gehad. Hij heette Corgan en Lantier herinnerde zich hun lange stoeipartijen op het terras van de ouderlijke woning in de Perche. Het was een rashond, eentje die goed verzorgd en goed gevoed werd, een pointer met zwartwitte vacht. Maar hij had hetzelfde toegewijde gedrag vertoond, en op zijn dertiende had Hugues Lantier dat aan den lijve ondervonden.

In die tijd bracht de familie Lantier de zomer door op het domein aan de oever van de Huisne en keerde omstreeks oktober terug naar Parijs. Alleen hun vader kon niet zo lang afwezig blijven. Hij had een verantwoordelijke functie in een bank, waarvan de zetel in de Lafittestraat gevestigd was, en keerde begin augustus naar Parijs terug. Hugues bleef met zijn twee jongere zusjes en zijn moeder op het landgoed achter.

De familie kreeg met financiële problemen te kampen en korte tijd later zou ze genoodzaakt zijn het domein, dat ze van een oom hadden geërfd, te verkopen. Voorlopig hadden ze het personeel beperkt tot een kokkin en een oude huismeester, die met zijn sjees om de boodschappen reed.

Op een herfstavond waren er na het invallen van de duisternis dieven het huis binnengedrongen. Daarvoor hadden ze alleen over een schuttingmuur hoeven te klauteren, die op verschillende plekken bijna ingestort was. Het was een bende inbrekers die voor niets of niemand vervaard waren en nooit lang op dezelfde plek bleven. Ze waren met zijn drieën en luisterden naar een leider, een lange blonde kerel met een woeste baard.

Ze drongen de salon binnen tijdens het avondeten. Luidkeels schreeuwend had de leider Hugues' moeder en haar twee dochtertjes in een hoek van de kamer gedreven. Zijn trawanten hadden de kokkin en de oude bediende erbij gehaald en ze hadden hen in dezelfde hoek geduwd. De derde man had hen met wasdraad gekneveld en achter de piano naast elkaar op de grond doen liggen. Alleen Hugues was hun ontsnapt, want hij zat in zijn kamer op de eerste verdieping te spelen toen ze waren binnengevallen. Hij sloeg het tafereel gade tussen twee zuiltjes van de balustrade, op de overloop.

Het vervolg was erg gewelddadig en erg smerig geweest. De dieven hadden de kasten stukgeslagen, flessen wijn leeggedronken, alles wat ze in de proviandkast hadden gevonden opgevreten. Twee van hen waren beginnen te vechten, waarbij ze elkaar allerlei snuisterijen en schilderijen naar de kop hadden gegooid. Het was een ontzettend schouwspel voor het kind. In een paar ogenblikken was er een eind gekomen aan de vredige rust in het huis, die werd vervangen door ontketende primitieve verlangens en blinde woede. Hugues wachtte tot er een eind aan de nachtmerrie zou komen.

Later, diep in de nacht al, besefte een van de plunderaars, minder versuft door de braspartij dan de anderen, dat ze over vier vrouwen beschikten met wie ze plezier konden maken. Hugues' zusjes waren pas tien en elf, maar over zulke details struikelde de schoft niet. Luid lachend ging hij achter de piano staan, keek naar de rij languit liggende lichamen en trok er een bij de voeten naar het midden van de salon. Het was Solange, de oudste van de meisjes. Ze droeg een te wijde blauwe jurk, die vrouwelijke vormen suggereerde. De zatlap dwong haar op te staan en liet haar zien aan de anderen, die ineengezakt op de sofa's lagen. Het arme kind was in paniek. Hugues kon haar gezicht zien, haar van doodsangst wijd opengesperde ogen. Instinctmatig wilde hij zijn schuilplaats verlaten om zijn zusje te helpen. Maar zo zouden de geweldenaars, die al vijf mensen hadden overmeesterd, nog een slachtoffer in handen krijgen. Hij wachtte en kneep zijn ogen dicht.

Een schrille kreet zorgde ervoor dat hij weer opkeek. Solange, van wie de aanrander de jurk had losgescheurd, schreeuwde uit alle macht. Verrast door de gil deinsde de boef even achteruit. Een gedaante doorkruiste op dat ogenblik de kamer en sprong op de dief. Het was Corgan. De man viel achterover en probeerde zich, hees schreeuwend, te verweren. De hond had hem bij de hals vastgegrepen en hield zijn prooi tegen de grond, terwijl hij zijn gezicht verscheurde. Zijn kompanen waren door schrik verlamd en keken roerloos naar het schouwspel. Even later kregen ze zichzelf onder controle en kwamen overeind. De hond liet zijn eerste van pijn gillende slachtoffer los en ging pal voor hen staan.

Hugues maakte van de verwarring gebruik om de trap af te dalen, verhuld door de reling. Zodra hij de hal had bereikt, maakte hij de glazen deur open die naar de tuin leidde en sloeg op de vlucht, recht vooruit. De maan scheen, ze verlichtte het landschap. Hij had geen moeite om de weg te vinden. Het dorp lag slechts een kilometer verderop, bij de uitgang van het bos. Hij maakte de veldwachter wakker, die meteen alarm sloeg. Even later trokken tien gewapende mannen naar het domein. Ze botsten op het geteisem, dat bezig was zo veel mogelijk proviand en wijn in de sjees te laden. Ze waren goed voor het bagno.

Maar Corgan was dood.

Lantier was het offer van de hond nooit vergeten, maar hij dacht er zelden aan. Vanwege die toestand met Morlac was het voorval hem weer te binnen geschoten. En nu hij eraan terugdacht, besefte hij dat het drama niet zonder gevolgen was gebleven voor zijn leven. Hij was in het leger gegaan om de orde te verdedigen tegen de barbarij. Hij was soldaat geworden om ten dienste te staan van de mensen. Dat was natuurlijk een misverstand. Binnen de kortste keren had de oorlog hem doen inzien dat het omgekeerd is, dat de orde gevoed wordt door mensenlevens, dat die hen verslindt en vermaalt. Maar ondanks alles bleef hij in zijn hart trouw aan deze roeping. En aan de basis van deze roeping lag de daad van een hond.

Hij was wellicht eventjes ingedommeld. Ja, hij had zijn middagdutje in het hotel ingekort om vroeg naar de gevangenis te gaan. En toch was hij opnieuw weggedroomd, terwijl hij hier, op de bank, de hond zat te strelen.

Wilhelm liet zijn snuit nog altijd op zijn knie rusten. Het was grappig hoe hij hem uit zijn ooghoeken aankeek. Lantier trok zijn been zachtjes terug en duwde de hond opzij. Daarna stond hij op en rekte zich uit. Hij fatsoeneerde zijn uniform en begaf zich naar de gevangenis. De zon was gedraaid, het plein lag haast helemaal in de schaduw.

Hij klopte op de deur en Dujeux kwam opendoen. Op het moment waarop hij naar binnen ging, hoorde hij dat de hond in de verte opnieuw begon te blaffen.

V

Het moest de dag van de douche zijn. Morlac zag er schoon uit en pas geschoren, zijn haar was gekamd en hij geurde naar marseillezeep. Het intermezzo met de hond had Lantier in een goed humeur gebracht. Zodra hij de cel was binnengekomen, ging hij op zijn gewone plek zitten en sloeg het dossier open.

'Waar waren we gebleven? O ja! Thessaloniki.'

'Wilt u daar nou echt alles over weten?'

'Niet alles. Het belangrijkste.'

'Nou dan, uiteindelijk waren we aan het front, klaar!'

'En hoe zag het front eruit, in die streek?'

Met een schuin afgesneden staafje peuterde Morlac een nagel schoon. Wie net is, wil kraaknet zijn, dus begon hij het vuil uit de kleinste hoekjes te verwijderen.

'Valleien omgeven door vrij stompe bergen. Er waren geen echte loopgraven, ze lagen niet tegenover elkaar zoals in Picardië of aan de Somme. De vijandelijke stellingen bevonden zich op vrij grote afstand. We verstopten ons in kuilen en we veranderden dikwijls van plaats. De artillerie schoot in het wilde weg.'

'Modder?'

'Dat ging wel. Maar het was heet in de zomer en ijskoud in de winter. Onvoorstelbare temperatuurverschillen. Het ergste was vooral dat we zo lang in de eerste linie moesten blijven liggen. Het Oriëntleger heeft altijd te weinig manschappen geteld. We werden niet afgelost. We verveelden ons te pletter, zo weken aan één stuk.'

'Wat deed u?'

'Ik las.'

'De anderen ook?'

'Veel minder.'

Lantier besloot hem de vragen te stellen die hij de vorige dag, toen hij hem Victor Hugo had zien lezen, niet duidelijk had geformuleerd.

'En hoe komt het dat u leest? Als ik me niet vergis, hebt u de school op piepjonge leeftijd verlaten.'

Morlac gromde.

'Ik lees graag. Of mag dat niet?'

'De liefde voor het lezen, iemand moet u die hebben bijgebracht?'

De gevangene haalde de schouders op.

'Dat kan best.'

Lantier besloot dat het moment gekomen was. Hij legde zijn aantekeningen neer en stond op. Hij zette twee passen tot aan de achterste muur, die met obscene graffiti was bedekt. Daarna draaide hij zich met een ruk om: 'Ik heb uw vrouw vanochtend een bezoek gebracht. Kennelijk bent u niet erg gehaast om haar weer te zien. Maar zij, ik denk wel dat zij u verwacht.'

'Het is mijn vrouw niet.'

'Maar het is de moeder van uw zoon.'

Morlacs ogen glansden opeens van haat.

'Bemoei u met uw eigen zaken! Trouwens, ik heb er genoeg van, van uw verhoor. Veroordeel me en daarmee uit!'

'In dat geval', antwoordde Lantier, 'moeten we het weer over uw hond hebben, want over hem gaat het hier.'

Hij was een ogenblik in de verleiding gekomen om over zijn tête-à-tête met Wilhelm te vertellen, op de bank. Maar hij wilde zijn gezag als militair magistraat behouden en dat voorval zou voor een vertrouwelijkheid kunnen doorgaan. Zijn bitse toon en de ernst waarmee hij zich in zijn aantekeningen verdiepte, maakten indruk op Morlac. Die boog het hoofd, zoals een leerling die straf krijgt, en begon met werktuiglijke stem: 'Nadat we ruim een maand aan het front en daar in de buurt hadden gelegen, werden we naar Monastir overgebracht. Het was het eind van het lenteoffensief. Wilhelm kon niet mee, want hij was door een granaatscherf in de flank verwond.'

'U hebt hem aan het front achtergelaten?'

'De kerel die mijn kazemat had overgenomen, was bereid op hem te passen. Het was een Serviër, die na de val van Belgrado naar Korfoe was overgebracht. Hij keek Wilhelm altijd op een rare manier aan. Ik had de indruk dat hij tijdens de aftocht nogal wat honden had opgepeuzeld. Het enige wat ik hem vroeg, was hem te begraven als hij het niet zou overleven.'

'Maar hij is niet gestorven.'

'Nee, die hond is een taaie. Zodra hij er weer min of meer bovenop was, heeft hij de hele weg in zijn eentje afgelegd, dwars door de kloof van de Vardar tot Monastir. Hij had stokslagen op zijn kop gekregen en toen hij aankwam, zaten zijn ogen haast dicht van het bloed dat erin was gestroomd.'

'Daarna?'

'We hebben de winter in een kampement doorgebracht, en dat was onze redding. Het was onvoorstelbaar koud. Behalve de Alpijnse Jagers had niemand ooit zulke temperaturen meegemaakt. Toen we in maart naar het front terug werden gestuurd, had je aan weerskanten van de weg nog altijd twee meter hoge sneeuwmuren.'

'En de hond, nog steeds gezond en wel?'

'In Monastir is hij er weer helemaal bovenop gekomen. Ik keek niet zozeer naar hem om. Maar er was een Engelse fuselier, een kerel met wie ik 's avonds kaartspeelde, die op hem gesteld was. U weet hoe de Engelsen zijn met dieren. Hij bracht hem dingen om te eten, restjes van rantsoenen, geen afval. En hij had zelfs ontsmettingsmiddel gevonden voor de wonden op zijn rug.'

'Wilde hij niet liever met de Engelsman weggaan? Ik bedoel maar, zo te zien hebt u uw hond niet veel liefde gegeven.'

'Ik heb het u al gezegd. Ik ben zo. Maar ik was zijn baasje en hij wist dat.'

'In feite is hij de hele oorlog bij u gebleven.'

'Ja.'

'Hebben jullie vaak gevochten, aan dat front?'

'Niet echt. Het was een bizarre oorlog, met weinig contacten. Eén keer zijn we toevallig op een Oostenrijkse patrouille gebotst. We moesten ons met onze bajonetten vrijvechten. Het was de eerste keer dat ik Wilhelm in actie zag. Hij had door wie de vijand was en zonder zich te vergissen viel hij de Oostenrijkers aan.'

'U hebt geen vermelding gekregen voor dat gevecht.'

'Dat hoefde ook niet. Het was helemaal niet roemvol. We hebben ons vel gered, meer niet. En ook de Fritzen wilden maar één ding, de aftocht blazen.'

'Wat deed u de rest van de tijd?'

'De gewone dingen: patrouilles, rondes, een paar verkenningen. En ook, vooral, we waren ziek. Het was een rotklimaat. Ik ben aan malaria ontsnapt, maar ik heb een hevige bloedloop gehad. Omdat u zo te zien vooral in de hond geïnteresseerd bent, mag u weten dat hij, zolang ik ziek was, de hele tijd bij me heeft gewaakt en dat hij hulp ging halen telkens als ik iets nodig had.'

Nu Lantier Wilhelm een beetje kende, greep het verhaal van zijn toegewijde gedrag tijdens de oorlog hem erg aan. Maar voor de kille attitude van zijn baasje kon hij nog minder begrip opbrengen. Dat hij, zoals iedere boer, jegens dieren vooral een praktische, van genegenheid gespeende houding aannam, daar kon hij in komen. Maar er leek iets anders te zijn, een soort wrok. Wat was er tussen beiden voorgevallen, dat de gevangene verzweeg?

De rechter bleef dieper spitten: 'Heeft Wilhelm deelgenomen aan het gevecht dat u die eervolle vermelding heeft opgeleverd?' vroeg hij.

Morlac had vier of vijf keer na elkaar aan zijn sigaret getrokken. Het roken had duidelijk een ontspannend effect. Hij leunde achterover tot zijn schedel de muur aanraakte. Zo bleef hij een lang moment zitten, maar opeens richtte hij zich op en keek Lantier aan.

'Dat is een lang verhaal, mijnheer de rechter. Ik kan het beter buiten vertellen, vindt u ook niet? Kunnen we niet in de openlucht wandelen?'

Lantier stond op het punt dezelfde bedenking te maken. Hij begon genoeg te krijgen van de donkere, benauwde cel die naar tabak rook, terwijl buiten het weer zo mooi was. Hij bereikte een cruciaal punt in de verklaring van Morlac, en hij wilde het vertrouwen van de man winnen.

'U hebt gelijk. We kunnen op de binnenplaats lopen.'

Het was niet het juiste tijdstip, maar er was toch geen andere gevangene, dus kon Dujeux best het pleintje openstellen dat voor de wandeling diende. De officier zocht de bewaker op, die een gewichtig air aannam en lang in stilte bleef nadenken, om te zien of een dergelijk verzoek wel met het reglement kon worden verzoend. Lantier liet hem uiteindelijk de knoop doorhakken door te zeggen dat het een bevel was.

Brommend draaide de cipier de sleutel om in het slot en ze betraden een ruimte met de afmetingen van een tennisveld. Als gevolg van de hittegolf waren het gras en de mosplaggen tussen de plaveien vergeeld. De rest van het jaar zouden ze zich weer volzuigen met vocht. De muren eromheen bestonden uit ruwe stenen, en de dikke voegen van korrelig cement gaven het geheel een middeleeuwse aanblik. Boven dit trieste, tijdloze pleintje was de baldakijn gespannen van een lazuren hemel waarin langzaam oranjeroze wolkjes dreven. Een lork priemde net boven de muur.

Morlac leek erg blij de lucht op te kunnen snuiven, die uit de verte werd aangevoerd. De rechter had de indruk dat de hechtenis hem niet meer stoorde als hij maar de hemel kon zien.

Ze staken het pleintje schuin over en begonnen er daarna omheen te lopen, zoals alle gevangenen op aarde.

'Het verslag dat u gaat schrijven, mag niet tot een misverstand leiden. Daarom moet ik u vooraf iets zeggen: u vergist zich over mijn eervolle vermelding.'

'Wat bedoelt u?'

'Nou goed, neem me niet kwalijk dat ik het zo zeg, maar u draait om de hete brij. U stelt me allerlei vragen over mijn hond. U wilt me laten zeggen dat ik van hem hou, dat hij mijn strijdmakker was. Ik weet perfect waar u naartoe wilt.'

'Het is in uw belang, ik heb het al gezegd.'

Morlac hield ineens halt en bleef pal voor de rechter staan. Op zijn gezicht lag weer een sombere, koppige uitdrukking. De gezonde lucht had duidelijk geen langdurig effect op hem gehad.

'Ik wil niet dat u verzachtende omstandigheden probeert te vinden.'

'Wilt u hier dan niet weg?'

'Ik wil niet dat mijn daden een valse betekenis krijgen. U mag niet verbloemen wat ik te zeggen heb.'

'Tja, dan moet u nu duidelijk zeggen wat er aan de hand is. Want ik geef toe dat ik uw gebaar niet begrijp, net zomin als uw obsessie om een zware veroordeling te krijgen.

Morlac leek niet van de wijs gebracht door die bekentenis. Hij begon opnieuw te lopen.

'Weet u wat er in 1917 is gebeurd, commandant?'

Lantier wierp hem een verontruste blik toe. 1917, het zwarte jaar van de oorlog; het jaar van de Chemin des Dames en de grote muiterijen; het jaar van de wanhoop en de contradictorische schokken: de landing van de Amerikanen en de terugtrekking van de Russen; de nederlaag van de Italianen en Clemenceau die aan de macht kwam. Het beloofde weinig goeds.

Gelukkig stond Dujeux voor de deur met zijn sleutels te rammelen. Het uitje op de binnenplaats had de rest van het ritueel niet veranderd en de soep was gearriveerd. Voor één keer voelde Lantier zich opgelucht dat hij zo laat met zijn verhoor was begonnen. De volgende dag zouden ze tijd zat hebben om een hoofdstuk aan te vatten dat, voor de officier, geen pretje zou worden.

*

Op de terugweg had Lantier geaarzeld of hij een ommetje zou maken om de hond te strelen. Hij vond het treurig hem opnieuw te zien blaffen, uitgeput, aanleunend tegen een schutpaal achter op het Micheletplein.

Nu de middag op zijn eind liep, vertoonden de mensen zich weer op straat. Vanaf de abdijkerk kwam een kar hard denderend aangereden. Een ambachtsman in zwart jasje liep fluitend op de weg, een ladder over zijn schouder. Lantier wilde vermijden dat er in de stad geruchten ontstonden over zijn teerhartigheid, zijn mededogen met dieren. Hij stak met een waardig air het plein over en sloeg de 4 Septemberstraat in.

Iets verderop liep hij La Civette binnen om tabak te kopen. Hij deed dat met het oog op het verhoor van de volgende dag. Zelf rookte hij weinig, maar nu Morlac steevast om sigaretten bedelde, wilde hij tijdens het volgende partijtje alvast die troefkaart in handen hebben.

Toen hij de tabakswinkel verliet, liep hij het hoofd van de plaatselijke rijkswachteenheid tegen het lijf. Lantier had de man graag meteen na zijn aankomst in de stad willen ontmoeten, maar men had hem gezegd dat hij weg was voor een missie.

'Opperwachtmeester Gabarre', stelde de gendarme zich met raspende stem voor, terwijl hij de houding aannam.

Met zijn rode kop, korte beentjes en bolle buik zag de wachtmeester er als een typische buitenmens uit. Een jongen uit de streek die wellicht toevallig bij de marechaussee was terechtgekomen. Zijn beslissing had vast te maken gehad met het berekende realisme dat een landbouwer doet besluiten zijn akker met luzerne in plaats van haver te bezaaien, volgens de marktwaarde. Uit zijn gesprek met de andere gendarme, want in het rustige stadje bleef de eenheid tot twee mensen beperkt, had Lantier afgeleid dat de hele loopbaan van Gabarre zich ter plaatse had afgespeeld.

'Ik ben net terug van een begrafenis, dertig kilometer hiervandaan, commandant. Het spijt me dat ik u nog niet heb kunnen helpen bij uw onderzoek.'

De gendarme had waarschijnlijk niet meegevochten in de oorlog. Hij stond te trillen op zijn benen voor de officier en op zijn gezicht lag niet de ironische spot die de poilu's bij elke uiting van onderdanigheid aan de dag legden.

'Rust, overste. Geen probleem, dank u. Hebt u een momentje?'

'Tot uw orders, commandant.'

'Wilt u in dat geval met me meelopen naar het Etienne Doletplein, zo heet dat plantsoentje toch, met de stoelen onder de bomen?'

Ze liepen samen zwijgend verder. De gendarme hinkte een beetje. Dat had vast meer met jicht dan met een oorlogswond te maken. Op het pleintje aangekomen gingen ze zitten op de stoelen rond een geemailleerde gueridon. Gabarre legde zijn kepie op zijn knieën en frutselde zenuwachtig aan de blinkende klep. De ober kwam hun bestelling opnemen en zette hun twee glazen bier voor.

De straten begonnen te baden in een violette schemer, terwijl de hemel nog helder was, bedekt met roze schaapjeswolken. De lucht was koel en alle vochtigheid van de regenmaanden steeg uit de muren op. Maar de stoelen en de grond behielden hun warmte en schonken het avondlijke uur een weldadig karakter, dat des te aangenamer was omdat je voelde dat het van korte duur zou zijn.

'Ik ben elke dag naar de gevangenis gegaan. Het verhoor van de verdachte is bijna afgerond.'

De gendarme vatte de mededeling als een verwijt op.

'Het spijt me', zei hij.

Lantier vond niet dat zijn afwezigheid hem had gehinderd en stelde de man gerust.

'Kende u die Morlac al, vóór zijn bravourestukje?'

'Alleen van gezicht, zoals iedereen.'

En fijntjes voegde de gendarme eraan toe: 'Een rare vogel.'

'Hoezo, raar?'

'Ik weet het niet goed, commandant. Het is een kerel die we nauwelijks zagen. Hij had geen vrienden, geen familie. Na zijn terugkeer uit de oorlog heeft de burgemeester een ceremonie voor de strijders georganiseerd. Hij is ernaartoe gekomen, heeft in zijn eentje in een hoekje zitten drinken en is zonder iemand te groeten weer weggegaan. De gemeentesecretaris was ervan overtuigd dat Morlac zilveren bestek heeft gejat. We hebben eraan gedacht een huiszoeking te doen. Uiteindelijk, rekening houdend met zijn verdiensten aan het front, hebben we daarvan afgezien. Maar hij had het op een haast openlijke manier gedaan, alsof hij toen al op een schandaal aanstuurde.'

'Kent u Valentine, de moeder van zijn zoon?'

'Ha, dat weet u al.'

Gabarre was wat meer op zijn gemak. Zijn glas was leeg en de rechter gaf de ober te kennen dat hij een nieuw biertje moest brengen.

'Zij, dat is andere koek. We houden haar in het oog.'

'Ik dacht dat ze nooit buitenkomt. Ik ben bij haar langsgegaan. Ze woont om zo te zeggen in het bos.'

'Zelf komt ze amper buiten, maar er zijn mensen die bij haar op bezoek gaan.'

'Wat voor mensen?'

De gendarme boog voorover en wierp een wantrouwige blik om zich heen.

'Arbeiders', fluisterde hij stilletjes. 'Lui die op de vlucht zijn. Ze denkt dat we niet op de hoogte zijn. We doen alsof, om ervoor te zorgen dat ze blijven komen. Maar eigenlijk houden we hen in de gaten en zodra ze zich buiten vertonen, overvallen we hen.'

Hij glimlachte op de geslepen manier van de stroper die verklapt waar hij zijn valstrikken heeft uitgezet.

'Kent u haar familie?' vroeg de gendarme, goed wetend dat zijn woorden hun effect niet zouden missen.

Lantier reageerde inderdaad verbaasd.

'Ik dacht dat ze geen verwanten meer had. Ze zijn allemaal aan een ziekte gestorven. Dat heeft ze me zelf gezegd.'

'Ze mogen dan al dood zijn, ze hebben toch geleefd', wierp Gabarre tegen, trots op zijn onweerlegbare logica.

'Dat geloof ik graag. En?'

'En, heeft ze dan niet gezegd wie haar vader was?'

'Nee.'

'Ze loopt er niet mee te koop. U moet weten dat haar vader een Duits Jood was, iemand uit de omgeving van die Rosa Luxemburg die ze vorige winter in Berlijn vermoord hebben. Hij was lid van de Socialistische Arbeidersinternationale. Het was een volksmenner en een vurige pacifist. Ze hebben hem aangehouden en hij is in de gevangenis van Angers gestorven. Hij zou tering hebben gehad.'

'En haar moeder?'

'Dat was een meisje van bij ons. Haar ouders hadden haar naar Parijs gestuurd om te leren naaien in een groot modehuis. Daar is ze haar emigrant tegengekomen. Ze is smoorverliefd geworden en ze zijn getrouwd. Ze kwam nochtans uit een goede familie, veehandelaren die in de streek landerijen bezaten. Ze heeft een klein stukje ervan geërfd, maar het grootste gedeelte is naar haar broers gegaan. Gelukkig voor haar gebeurde dat na de dood van haar man, want hij zou haar alles hebben doen verkopen om het geld aan de goede zaak te geven.'

Na zijn tweede biertje voelde de wachtmeester zich volledig op zijn gemak. Het verbaasde Lantier dat hij zo vlug van geest en zo goed op de hoogte was. Hij vermoedde al dat de man geen open kaart speelde, maar wist niet in welke mate.

'De arme vrouw', ging hij door, 'heeft niets aan haar erfenis gehad. Meteen daarna is ze bezweken aan een epidemie, net als haar oudste dochter. En Valentine, die naar het schijnt het evenbeeld is van haar vader en net zo fanatiek als hij, is alleen achtergebleven.'

'Toch wekt ze niet die indruk.'

Maar terwijl hij dat zei, herinnerde Lantier zich opeens de harde blik van het meisje en de manier waarop ze over de oorlog had gesproken.

'Het is een uitgekookt vrouwmens. Ze werd opgevangen door een half verwilderde tante van haar moeder, die in dit gat is komen wonen om niemand te hoeven zien. Wellicht heeft ze haar heksenstreken van haar geleerd.'

'Hebt u enig idee waarom Morlac na de oorlog niet bij haar is teruggekeerd?'

De gendarme haalde de schouders op.

'Hoe kun je weten wat er in dat soort mensen omgaat? Ze hebben vast ruzie gekregen.'

'Heeft ze iemand anders leren kennen?'

'Ik zei het al: er komt dikwijls volk bij haar over de vloer. De revolutionairen gebruiken haar huis als een schuilplaats voor lui die last hebben met de politie. Of zij iets met een van hen heeft gehad, kan ik niet zeggen.'

Ondertussen was het volslagen donker geworden. De ober had de olielampen bij de tafels aangestoken, en twee gaslichten aan weerszijden van het pleintje verspreidden een mauve licht op de straatstenen. Lantier keek op zijn horloge. Het was tijd om naar het hotel terug te keren als hij nog wilde eten.

'Wilt u me een dienst bewijzen, overste?'

Gabarre wist opeens weer tot wie hij zich richtte. Hij ging overeind staan en zei met luide stem: 'Ja, commandant.'

'Nou, dan moet u proberen uit te zoeken of Morlac zijn zoon sinds zijn terugkeer heeft ontmoet.'

‘Het zal niet makkelijk zijn, maar...’

‘Ik reken op u. Als u meer weet, kunt u wanneer u maar wilt bij me langskomen.’

Lantier liet een paar muntstukken op de tafel achter en stond op. De gendarme maakte aanstalten om de militaire groet te brengen, maar de rechter schudde hem de hand.

Terwijl hij naar zijn hotel terugliep, scheen het hem toe dat de bries bijwijlen het geblaf van een hond meevoerde. Maar het klonk zwak en erg onregelmatig.

VI

Valentine had geweigerd binnen te komen. Ze bleef voor de deur van het hotel staan. Hoewel Lantier nergens toe in staat was voordat hij een kopje koffie had gedronken, herkende hij haar van ver. Hij had haar bezoek niet verwacht, toch niet meteen en zo vroeg in de ochtend. Maar ze had wellicht de hele nacht liggen tobben, zonder een oog dicht te doen, en nu ze haar besluit genomen had, stond ze daar, met een gesloten gezicht.

'Dag Valentine', zei hij terwijl hij op de drempel ging staan. 'Komt u alstublieft binnen, een kopje koffie drinken.'

Met beide handen hield ze een mand vast, die ze gegeneerd, met gestrekte armen, heen en weer slingerde. Lantier dacht aan haar vader, de politieke oproerkraaier, op wie Gabarre beweerde dat ze leek. Wellicht ging het om een soortgelijk individu, iemand die er niet voor terugdeinsde een burgerwoning in brand te steken, maar die bang was om er te worden uitgenodigd. Uiteindelijk liet ze zich overhalen en kwam ze binnen.

Terwijl hij haar volgde door de hotelgangen, die met *papier peint* waren bekleed en verfraaid met schilderijen, begreep hij wat haar had tegengehouden. Thuis was ze in harmonie met haar omgeving. Hier, met haar lompe jurk en houten klompen, zag ze eruit als een slons.

Hij bracht haar naar een terrasje aan de achterkant van het gebouw, waar tuinstoelen stonden. Ze zag er minder misplaatst uit in dit kader, buiten, dan in de met stucwerk versierde salons.

Hij bestelde een kopje koffie. Zij wilde niets drinken. Hij beschouwde haar weigering als het bewijs dat ze niets, maar dan ook niets wilde vragen aan diegenen die ze voor haar vijanden hield. Minder op de spits gedreven zou dit een eerbaar en misschien geducht principe kunnen zijn. In een extreme vorm en toegepast op futiliteiten als een kopje koffie kwam het belachelijk en kinderachtig over.

Ze had de mand op de grond gezet en om zich een houding te geven, deed ze alsof ze die doorzocht. Nadat de dienster Lantier een kopje koffie had gebracht en ze alleen waren achtergebleven, stak ze zonder plichtplegingen van wal, met een dreigende blik: 'Ik heb besloten dat ik hem wil zien. En ik wil dat hij dat weet.'

'Ik heb het hem voorgesteld, maar...'

'Ik weet het, hij zal nee zeggen. Maar u moet het hem niet zomaar *voorstellen*.'

Ze had de omfloerste toon waarop Lantier het woord had uitgesproken nagebootst. De simpele intonatie volstond om een idee te geven van de woede die ze voelde als ze aan het leger dacht.

'Wat moet ik hem precies zeggen?'

'Dat ik hem *moet* zien. Dat het niet anders kan. En dat ik het wil.'

'U kunt op me rekenen. Ik zal u persoonlijk zijn antwoord brengen, mocht hij van mening veranderen.'

'Dat is niet nodig.'

'Waarom?'

'In afwachting blijf ik in de stad.'

Lantier had een verbaasde wenkbrauw opgetrokken.

'Ik ken een groentevrouw die haar waren bij mij in de buurt op een markt verkoopt. Ik mag zolang het nodig is bij haar logeren. Ze woont achter de hal.'

'Prima.'

'Mag hij brieven ontvangen?'

'Ja, maar de cipier maakt ze open en leest ze.'

'Dan kan ik net zo goed praten', siste ze.

Ze was opgestaan en had haar mand opgepakt, die ze als een wasvrouw in de heup klem had gezet.

'Zeg hem dat hij zich vergist heeft toen hij terugkeerde. Het was een kameraad.'

'U bedoelt dat hij...'

'Ik richt me niet tot u, maar tot hem. Tot hem alleen.'

Ze begon te stamelen en haar verwarring paste slecht bij de gereserveerde houding die ze zichzelf oplegde. Ze verkoos weg te vluchten en zei amper tot ziens tegen Lantier. Hij probeerde niet haar tegen te houden.

*

Toen de rechter bij de gevangenis aankwam om naar Morlacs laatste bekentenissen te luisteren, werd hij getroffen door de stilte die op het plein heerste. Er was geen spoor van Wilhelm te bekennen en hij liet zich niet langer horen. Hij vroeg aan Dujeux wat er met de hond was gebeurd.

'Hij was kapot van dat eeuwige huilen. Vannacht heeft hij het eindelijk opgegeven. In de maneschijn zag ik hem daar languit liggen. Ik dacht dat hij gecrepeerd was. Eerlijk gezegd zou ik dat niet erg hebben gevonden. Maar toen de hulpverzorger vanochtend de soep bracht, heeft hij me gezegd hoe het dier het maakte.'

'Waar zit hij nu? U weet dat ik die hond nodig heb voor mijn onderzoek. Hij is belanghebbende partij bij het vergrijp. Het is een soort medeplichtige, of een bewijsstuk of zo.'

'Hij zit hiertegenover, in een huis. Ziet u dat schuine straatje daar, op het eind van het plein? Daar is het, op de begane grond. De eerste deur.'

'Bent u al een kijkje gaan nemen?'

'Ik mag mijn post niet verlaten.'

'Dat klopt. In dat geval ga ik zelf.'

Terwijl Lantier het plein overstak, vroeg hij zich af waarom hij de kwestie van dat bewijsstuk uit zijn duim had gezogen. Morlac kon best terechtstaan zonder dat de hond voor een krijgsraad hoefde te verschijnen. Alles stond in het proces-verbaal van de gendarmes en dat zou worden aangevuld met zijn eigen instructiedossier. De waarheid was veel idioter. Hij had zin om de hond weer te zien. Hij wilde persoonlijk vaststellen wat er met het dier zou gebeuren. Hoewel hij moest glimlachen om de gedachte, dreef hij zijn wil door.

Het huis dat Dujeux had aangeduid, was een lage keet die tussen twee hogere gebouwen geprangd zat. Het was een overblijfsel van een oude krottenwijk, toen de gemeente amper een dorp was, bestaand uit rijhuisjes zonder verdieping. De deur werd door een stenen lijst omringd. Op de bovendorpel stond, in onhandige letters, een haast uitgewiste datum gekerfd: 1778.

Lantier rammelde met de klopper, die de vorm had van een bronzen hand. Een vrouwenstem riep meteen dat hij binnen moest komen. Hij kwam in een donkere hal terecht, die uitliep in een minuscule zitkamer. Muffe geuren van beschimmelde vloerkleden vermengden zich met de reuk van afgekoeld vet, die was neergeslagen in de gordijnen en de lappen stof waarmee de fauteuils bedekt waren. In dit hok was de zomer slechts een snel vergeten interval. Bij normaal weer, met andere woorden zowat het hele jaar door, werd de bedompte lucht vast nooit ververst. Je vroeg je af of de ramen nog wel opengingen.

Er stonden zoveel meubelen dat je er haast niet tussen kon lopen. In het midden van het vertrek prijkte een ovale gueridon. Tussen dat tafeltje en de marmeren schoorsteen, waarvan de mantel gebroken was, had men een veel te grote sofa gewurmd. Wilhelm lag languit op een inderhaast neergegooid laken dat het tapijt moest beschermen.

Tegen die lichtroze achtergrond zag hij er echt belabberd uit. In het volle zonlicht buiten, op het plein, had Lantier zich niet gerealiseerd hoe mager het dier was geworden. De hond had fel afgetekende ribben, een ingevallen buik, en als hij ademde, klonk er een gefluit dat van heel diep kwam. Op zijn doffe, gehavende vacht waren de littekens duidelijk zichtbaar. Traag knipperde hij met zijn ogen, doodop, en hij bewoog niet eens zijn kop toen de rechter dichterbij kwam om hem te aaien.

'Hebt u gezien hoe erg hij eraan toe is? Arm dier...'

De oude vrouw die het woord tot hem richtte, hield zich bij het gaan vast aan de meubelen.

Ze had geen moeite gedaan om de pruik die ze droeg vast te zetten, zodat die opzij hing, als een baret.

'Ik heb hem de voorbije nachten te eten gegeven. Andere buren hebben hem water gebracht. Maar almaar blaffen, in zo'n hitte, het heeft hem geradbraakt.'

Lantier knikte instemmend. Hij ging op de rand van de sofa zitten en streelde de hond in de nek, zoals hij op het plein had gedaan. Wilhelm kneep zijn ogen dicht en haalde minder snel adem.

'U moet de dierenarts zijn. Mijnheer Paul heeft u geroepen, geloof ik. Hij had gezegd dat hij dat zou doen.'

'Nee, jammer genoeg ben ik geen dierenarts.'

Hij vreesde dat ze hem zou vragen wat hij daar uitrichtte, maar terwijl ze naar de keuken terugliep, zette ze haar gedachtegang voort: 'Nou ja, eigenlijk hoeft er geen dierenarts te komen. We weten allemaal wat het arme dier nodig heeft. Schaduw, water, eten. Dat is alles.'

'Bent u van plan hem hier te houden?'

'Zolang hij dat wil, ja. Maar ik durf te wedden dat hij, zodra hij zich beter voelt, weer gaat zitten janken voor de gevangenis, als ze zijn baasje dan nog niet hebben vrijgelaten.'

Ze keerde terug met een soort klisteerkan van gebarsten email.

'Die smeerlappen van soldaten!' bromde ze.

Lantier schrok op. Richtte ze zich tot hem? Wat kon hij daarop zeggen? Maar toen hij haar van dichterbij zag, begreep hij het. Omdat ze bijna blind was, zocht ze haar weg door zich aan de meubelen vast te houden. Een van haar ogen was door een wittig vlies versluierd en het andere keek te veel omhoog. Ze had zijn uniform beslist niet opgemerkt.

'Kende u zijn baasje?' vroeg hij.

'Iedereen kent hem. Het is een jongen uit de streek.'

'Wat heeft hij uitgespookt?'

Lantier snakte ernaar iemand te horen praten die niet wist wie hij was, die geen officiële versie moest opdissen.

'Niets. Hij heeft alleen maar goede dingen gedaan. Hij heeft ze ongezouten de waarheid gezegd, die slagers. Dat stond hun natuurlijk niet aan en nu wreken ze zich.'

'De soldaten?'

'Jazeker, de hele kliek. De generaals, de politici voor wie ze werken en de kanonnenverkopers. Het hele zootje dat de kleine man van dit land de dood heeft ingejaagd.'

Werktuiglijk wendde de oude vrouw haar lege blik naar het dressoir dat de muur tussen het raam en de wand van de hal in beslag nam. Op het meubel stonden drie ingelijste foto's, drie gezichten van jonge jongens met een onschuldige, kalme blik, boordevol hoop. De oudste zag er hoogstens vijfentwintig uit. Ernaast, in een grotere lijst, stelde een gegolfde afdruk een man voor, ten voeten uit en gehuld in het mineurs-en-sappeursuniform.

'Mijn zoon en mijn drie kleinzonen', zei de oude vrouw, alsof ze had aangevoeld dat Lantier naar de foto's keek.

'Allemaal...'

'Ja. En in hetzelfde jaar. 1915.'

Een poosje bleef het stil, daarna kwam de vrouw in actie, om haar ontroering te verdrijven. Ze stopte de rubberslang in Wilhelms muil en tilde de kan op om het water te laten vloeien. De hond zwolg het luidruchtig op. Hij hoestte en verslikte zich, maar liet begaan, alsof hij doorhad dat het allemaal om bestwil was.

'En wat gaat u doen als ze zijn baasje veroordelen? Kunt u het dier hier houden?'

'Als ze hem veroordelen! Ach, de stakkerd! Ik hoop dat de goede God zoiets niet laat gebeuren! Vier jaar aan één stuk zijn ze onze jongens komen halen om hen af te slachten, maar nu is de oorlog afgelopen. De prefect, de gendarmes, alle hoge omes, die zouden beter rekenschap komen afleggen. Dat zou pas een ramp zijn als ze die jongen veroordelen!'

De hond kreeg een heftige hoestbui en het water vloeide uit zijn muil, verspreidde zich over het laken.

'Verdorie! Ik ben te hard van stapel gelopen. Rustig, lieverd! Rustig!'

Ze trok de kan weg en rolde de slang op. Opeens flitste een gedachte door haar hoofd en, terwijl ze haar dode ogen op Lantier richtte, vroeg ze: 'Maar wie bent u dan wel, eigenlijk?'

Hij was even uit zijn lood geslagen.

'Een vriend.'

'Van de hond?' meesmuilde ze.

'Van zijn baasje.'

Uit angst dat ze zou aandringen en dat hij zou moeten liegen, wat kwalijke gevolgen kon hebben, nam hij in allerijl afscheid.

'Excuseer me, maar ik moet ervandoor. Ik kom een andere keer langs. Zorg goed voor hem. En bedankt. Heel erg bedankt.'

De rechter liep naar buiten en terwijl hij de deur achter zich dichttrok, hoorde hij de oude vrouw grappen tegen Wilhelm.

'Hij heeft rare vrienden, je baasje!'

*

Lantier had niet te veel tijd verloren met zijn ommetje langs de oude vrouw. Toen hij opnieuw voor de gevangenis stond, sloeg het pas negen uur op de klok van de abdijkerk.

Hij zag bij de eerste oogopslag dat Morlac op hem zat te wachten. De houding van de gevangene was radicaal veranderd. Hij onderging het verhoor van de rechter niet langer, hij verlangde ernaar.

Een van de charmes van het leger bestaat erin dat er, zodra een bevel is gegeven, een ander bevel nodig is om het op te heffen. Omdat Lantier de vorige dag niets tegen Dujeux had gezegd, bracht de cipier de gedetineerde en zijn rechter rechtstreeks naar de binnenplaats achter het gebouw, en deed de deur op slot om hen te laten praten. Nu en dan stak hij zijn neus voor het deurraampje en ging gerustgesteld weg.

Ditmaal leidde Morlac de officier naar een stenen bank die toevallig in de volle zon stond.

'U bent gewaarschuwd, vandaag zal het wat langer duren.'

'Ik heb tijd zat.'

In de afgesloten ruimte van de binnenplaats bleef de koelte van de nacht hangen zoals in een waterput, en de zon die rechtstreeks op hen brandde, voelde zacht en zoel aan.

'Ik heb u verteld over 1916, het jaar toen ik aan het Balkanfront aankwam. Een jaar van vergeefs lijden. Mislukte offensieven, de ijzige winter die het allemaal erger maakte, daar in de bergen, en de tweedracht die heerste tussen de verschillende fracties waaruit het Oriëntleger bestond. Ze mochten ons dan wel de geallieerden noemen, niemand die zich daaraan liet vangen. Iedereen had zijn eigen bedoelingen.

Voor de Engelsen was het de doortocht naar India. In Thessaloniki voerden zij zo weinig mogelijk uit, en als we naar hen hadden geluisterd, hadden we iedereen naar Egypte moeten sturen. De Italianen waren alleen in Albanië geïnteresseerd. De Grieken bleven maar wikken en wegen, je had er die de kant van Duitsland kozen en anderen die de geallieerden wilden steunen. In één woord, onder de leiders was het hommeles. Voor de troepen was het nog erger. In de winter bevroren we en in de zomer was er malaria en onze buik die het begaf.'

'Hebt u verlof gekregen?'

Morlac leek de vraag niet op prijs te stellen. Hij boog het hoofd.

'Nee. En trouwens, ik wilde er geen.'

Hij veranderde snel van onderwerp en ging door met zijn verhaal: 'In '17 was het weer zover: offensieven in het noorden. Ik lag in de oostelijke sector, in Macedonië. Aan de overkant had je de Bulgaren. We wisten alleen dat Roemenië verslagen was. Voor het overige snapten we er niets van. Het terrein bestond uit kloven en bergketens, kammen vanwaar op ons werd geschoten. Het doel was de Cernarivier. Maar aan de overkant hadden ze degelijke versterkingen, dus hebben we ons ten slotte zelf ook maar ingegraven.'

'Eigenlijk verschilde het niet zoveel van wat we in Frankrijk hebben gekend: loopgraven, kazematten.'

'Het wachten vooral. En ook, de afstand van huis. We kregen geen post. We trokken door allerlei rare dorpjes, met witte huizen, die niets gemeen hadden met wat we kenden. We moesten op onze hoede zijn voor iedereen. Niemand wilde van ons weten en toch, je had de komedie moeten zien die de dorpsbewoners opvoerden als ze ons zagen. Telkens opnieuw zou je hebben gedacht dat ze ons met open armen ontvingen. En daarna, een paar dagen later, beseften we dat ze de vijand informatie gaven, als ze ons al niet eigenhandig de keel doorsneden.'

'Hadden er zich nog andere troepen bij jullie aangesloten?'

'Inderdaad, daar heb ik het zo meteen over.'

De kop van Dujeux verscheen een moment in het deurvenster.

'Links van ons had je Annamieten. De arme kerels waren dood van de kou. In dat klimaat bestierven ze het helemaal. Ze werden grijs en ze verroerden geen vin meer. Het kostte moeite er enkele woorden uit te krijgen.'

'Dat was ook zo in de Argonne.'

'Mijn makkers zeiden dat ik op Wilhelm moest letten, want ze zouden hondenvlees eten. Maar hij is een keer of drie hun sector in gelopen en ze hebben hem geen kwaad gedaan.'

'Die dingen worden nogal overdreven. Ik heb ze nooit honden zien eten.'

Morlac maakte een ontwijkend gebaar. Hij wilde tot de essentie komen.

'Rechts had je Russische soldaten. Ze lagen zo dichtbij dat onze linies elkaar raakten. Als wij in onze loopgraven oprukten, kwamen we in die van hen terecht. Het waren heel sympathieke kerels en hun moest je de winter niet leren kennen. Ze hadden niet veel te eten, maar hun intendance zorgde altijd voor drank. 's Avonds maakten ze muziek en Wilhelm liep vaak hun kant uit. De Russen hadden een zwak voor hem. Op een dag hebben ze hem zelfs wodka laten drinken en toen hij terugkeerde, moest iedereen lachen, want hij liep helemaal scheef.'

De zon was gedraaid en ze duwden tegen de zijkant van de bank om in het licht te blijven.

'Ik ben hem dikwijls in de Russische sector gaan ophalen, zodat ik verschillende van de jongens heb leren kennen. Je had er een, Afoninov, die Frans sprak, en ik praatte graag met hem. Het was een simpele soldaat, maar hij had gestudeerd. Hij had als letterzetter gewerkt in Sint-Petersburg. Hij had problemen gekregen met de politie van de tsaar, en men had hem naar het front gestuurd zonder te vragen of hij daar zin in had.'

'Werd hij niet in de gaten gehouden door de officieren?'

'Zo waren er maar een paar. En volgens mij verkeerden alle Russen die in die uithoek zaten zowat in dezelfde situatie als hij. Ze hielden onderlinge vergaderingen en konden urenlang over politiek praten. Begin '17 steeg hun opwinding met de minuut. Toen ze vernamen dat de Februarirevolutie was uitgebarsten, waren ze door het dolle heen. Ze dansten de hele nacht, tot onze officieren ingrepen omdat ze vreesden dat de vijand van de gelegenheid gebruik zou maken om aan te vallen. Toen de tsaar troonsafstand deed, werden ze helemaal gek. Ze waren niet meer te houden. Het leek wel alsof ze diezelfde dag nog naar huis terug zouden keren.'

'Hoe kwamen ze dat nieuws te weten? U hebt me gezegd dat jullie helemaal afgesloten waren van de wereld.'

'Wij ja, zij niet. En dat was nu net het probleem. U weet dat de Bulgaren aan de overkant lagen, en dat ze vrij verwante talen spreken. Ze begrijpen elkaar. Net als de Oostenrijkers en de Turken werden de Bulgaren dagelijks op de hoogte gesteld van de toestand in Rusland, omdat hun staven ervan uitgingen dat de problemen van Rusland goed waren voor het moreel van de soldaten. Ze lieten hen geloven dat de Russen zouden ophouden met vechten zodra de tsaar weg was.'

'Dus er waren contacten tussen Russen en Bulgaren, hoewel ze in de loopgraven tegenover elkaar lagen?'

'Dat heb ik eruit afgeleid en dat heeft de hele zaak aan het rollen gebracht...'

VII

De rivier stond laag en de stroming, die op de stenen klotste, liet schuimslierten ontstaan die bijna het hele oppervlak wit kleurden. De wilgentakken, die in de lente nog in het water hingen, bengelden nu in de lucht en aan hun twijgen zaten bosjes vuile algen vast.

De jongeman zat in het midden van de rivier neergehurkt. Hij was van steen naar steen gesprongen en bleef nu roerloos boven het water wachten, blootsvoets op de met mos begroeide rotsen. Zijn blik was strak als die van een roofvogel en hij richtte hem op de diepte onder hem. In het smalle natuurlijke bassin golfde een forel tussen de heldere vlekken die de zon op de zanderige bodem liet dansen. De man zwaaide langzaam met een stokje waarvan een uiteinde in een punt was gesneden. Hij hield zich een hele poos in en haalde daarna ijlings met de fijne piek uit om de vis vast te spietsen. Hij haalde het stokje uit het water tevoorschijn. Het dier kronkelde aan de spies die hem doorboorde. De visser richtte zich op, maar bleef opeens stokstijf staan als een hond die een prooi ziet. Hij had op de oever de donkere gestalte opgemerkt die hem in de gaten hield.

‘Probeer ’m maar niet te smeren, Louis! Ik weet je toch te vinden. Kom wat dichterbij!’

Gabarre had zijn stem nauwelijks verheven. De rivier vloeide zo zachtjes dat ze bijna geen geruis voortbracht en in de stilte van het bos waren de woorden van de gendarme duidelijk hoorbaar, vooral voor een oor dat gewend was het minste gerucht op te vangen.

Louis liep behendig van steen naar steen tot aan de oever. Toen hij de wachtmeester bereikte, verstopte hij zijn handen achter de rug, in een onhandige poging om zijn prooi te verbergen, en boog het hoofd. Het was een zwartharige jongen van een jaar of twintig, met wenkbrauwen die haast in elkaar overliepen en laag ingeplante krullen op het voorhoofd. Zodra hij zich in aanwezigheid van een mens bevond, hield hij angstvallig zijn rug gekromd. In het bos echter had hij de scherpe blik van een dier. Hij leefde van wat hij jaagde en viste. Zijn moeder was gestorven toen hij tien was en men had geen idee wie de vader van het kind was. De jongen werd in een weeshuis ondergebracht en hij was er tweemaal weggevlucht, telkens om terug te keren naar het huis waar hij geboren was, aan de rand van het bos. Uiteindelijk had men hem daar laten wonen. Gabarre hield hem in het oog. Hij wist dat hij niet gevaarlijk was, maar hij kende ook zijn zwaktes en verleidingen.

'Nog altijd even handig, zo te zien. Kom, laat 'ns kijken.'

De forel bewoog niet meer, berustend in haar lot of misschien al dood. Het was een mooie vis met een gevlamd vel. De punt van de stok had hem precies in het midden geraakt.

'Zeg 'ns Louis, tegenwoordig houd je je koest. Maar je begluurt haar nog altijd.'

De jongen schudde het hoofd.

'Nee, nee! Ik zweer het.'

'Je mag niet zweren, dat is voorzichtiger. Vooral omdat ik het weet. Want zelf houd ik je ook in de gaten, wat dacht je misschien?'

Louis frunnikte aan het stokje waaraan de forel nog altijd vast zat gespietst.'

'Hoor 'ns hier, ik weet ook dat je geen streken hebt uitgehaald. Het is sterker dan jezelf, maar alla. Zolang je haar niet meer lastigvalt, mag je voor mijn part door de takken loeren, als je dat leuk vindt.'

De jongeman wierp een schuinse blik op de gendarme. Hij begreep niet waar die op aanstuurde.

'Je moet me helpen, Louis. Dat ben je me toch verschuldigd?'

De knaap wachtte op het vervolg om te reageren.

'Je kent Morlac, de vrijer van Valentine?'

Een flits vol haat lichtte op in Louis' ogen.

'Hij is naar de oorlog', zei hij met een gemene klank in zijn stem.

Zijn uitspraak was onverzorgd en zijn stem dof.

'Hij is daar geweest, maar nu is hij terug. En dat weet je.'

Louis wendde het hoofd af.

'Je gaat haar nog elke dag bespieden, of vergis ik me?'

De jongen zei geen woord.

'Je moet me niets op de mouw spelden. Ik ken je gewoontes. 's Morgens zit je in het bos, achter haar moestuin, zodat je haar ziet als ze zich over haar groenten buigt. En 's avonds loop je achter het huis om haar gade te slaan als ze de geit melkt. Beken het maar. Zolang je je koest houdt, heb ik daar niets op tegen.'

'Ik heb haar maar één keer aangeraakt...'

'En dat was meer dan genoeg om haar de stuipen op het lijf te jagen. Om ervoor te zorgen dat zij, die niets van uniformen moet hebben, mij is komen roepen, moet ze echt doodsbang zijn geweest.'

'Dat doe ik nu niet meer.'

'Dat wil ik graag geloven, Louis. Maar daarvoor ben ik niet gekomen.'

'Waarom dan?'

'Waarom, nou, je kunt me helpen. Ik wil dat je me zegt wat je weet.'

Louis krabde zijn borst met zijn vierkante, met zwarte haren begroeide knuist.

'Heb je Morlac hier nog gezien sinds hij uit de oorlog terug is?'

Louis stelde het gesprek maar matig op prijs. Je voelde dat hij geneigd was te reageren zoals hij meestal deed als iets hem tegenstond: door op de vlucht te slaan. Maar Gabarre hield zijn harde oogjes, de blik van een koppige boer, strak op hem gericht en de jongen was bang voor hem.

'Ik denk het wel.'

'Geen geintjes, alsjeblieft. Is hij hier geweest, ja of nee?'

'Ja.'

'Meer dan eens?'

'Ja.'

'Hoe vaak?'

'Elke dag.'

De gendarme pauzeerde even, alsof hij deze informatie in een kluis opsloeg.'

'Wist je dat hij in de gevangenis zit?'

Louis sperde zijn ogen open. Een gemene glimlach gleed over zijn gezicht, maar hij zette het meteen weer in de plooi.

'Nee. Wat heeft hij gedaan?'

'Een stommiteit. Op 14 juli.'

'Dus daarom komt hij de laatste tijd niet meer.'

'Wanneer heb je hem voor het laatst gezien?'

'Ik ken de datum niet. Een week of drie geleden, denk ik...'

'Dat klopt. Hij is gekomen tot de dag voor het defilé. En wat deed hij als hij kwam? Praatte hij met haar?'

'Nee, zeg!' riep de jongeman uit.

Gabarre voelde aan dat daar een grens lag die Morlac, gelukkig maar, niet had overschreden. Als hij dat wel had gedaan, had de zaak misschien een andere wending genomen en, de ingehouden woede van Louis kennend, zou ze ongetwijfeld een tragische afloop hebben gekend.

'Dan moet je het 'ns uitleggen. Wat voerde hij uit? Hield hij zich verborgen zoals jij, en bespiedde hij haar?'

'Ik weet me beter te verstoppen. Hij heeft me niet gezien.'

'En zij, denk je dat zij hem heeft gezien?'

'Dat zou me verbazen. En daarbij, het was geeneens zij die hij volgde.'

'Wie dan wel?'

'Het joch.'

Gabarre zette een pas achteruit en ging zitten op een omgehakte boomstam die op de oever lag. Ondanks de koelte die uit het water opsteeg, had de hitte de rand van de rivier bereikt. Hij wiste zijn voorhoofd af met een grote, in achten gevouwen ruitjeszakdoek.

'Ben je daar zeker van? Dat hij het joch in het oog hield?'

'Waarom zou ik liegen?'

'Heeft hij geprobeerd met hem te praten?'

'Nee.'

'Heeft hij niet met hem gepraat of heeft hij het niet geprobeerd?'

'Hij heeft niet geprobeerd.'

De gendarme slaakte een zucht. Elk gesprek met Louis bevatte dergelijke valstrikken. Het verstand van de jongen kon geen nuances vatten. Hij nam de woorden letterlijk, zoals ze gezegd werden. Je kon het hem niet verwijten. Maar het was vermoeiend.

'Je bedoelt dat hij het wél heeft gedaan? Hij heeft met het joch gepraat, begrijp ik dat goed?'

'Ja.'

'En hoe ging dat in zijn werk?'

'Het was op een morgen. Zij zat binnen in huis.'

Louis zei altijd 'zij', alsof haar naam, Valentine, te heftig zou zijn, te pijnlijk.

'Het joch was gaan spelen in de buurt van het kasteel.'

Dat was de naam die de streekbewoners vroeger hadden gegeven aan de ruïnes van een versterkt huis waar Agnès Sorel naar verluidt nog had gewoond. De benaming was in onbruik geraakt, want van de bewuste ruïnes waren alleen een hoop stenen en doornen overgebleven. Maar Louis hield de oude gebruiken in ere.

'Ben je hen gevolgd?'

'Natuurlijk. Dat jongetje, daar zit zij toch ook een beetje in.'

Gabarre begreep dat de simpele stakker de ijdele hoop koesterde dat hij, als hij Valentines zoon verdedigde, haar dankbaarheid en misschien wel haar liefde kon verdienen.

'Wat hebben ze tegen elkaar gezegd?'

'Ik stond te ver. Ik kon het niet horen. Die kerel, die Morlac van u, is uit zijn schuilplaats gekomen en hij heeft lang staan praten. Het joch heeft naar hem geluisterd, maar toen hij hem bij de hand wilde nemen, heeft de kleine wildeman gedaan wat ik zou hebben gedaan, verdorie. Hij is weggehold.'

'Heeft Morlac daarna nog opnieuw geprobeerd?'

'Een keer. Maar toen de knul hem zag, heeft hij hem niet dichterbij laten komen, maar is er snel vandoor gegaan.'

'Denk je dat hij alles tegen zijn moeder heeft gezegd?'

'Dat zou me verbazen.'

'Waarom denk je dat?'

'Als hij iets zou hebben gezegd, dan zou zij hem de dagen erna niet in zijn eentje buiten hebben laten lopen. Ik denk ook dat hij daarom niets gezegd heeft: om vrij overal rond te kunnen rennen. Dat is in elk geval wat ik in zijn plaats zou hebben gedaan.'

De gendarme knikte en stond daarna op, liep op Louis af en gaf hem een kneepje in het oor. Dat was het gebaar van Napoleon voor zijn soldaten en Gabarre wist dat. Trouwens, waarom zou je niet de beste eigenschap van de keizer mogen nabootsen? Louis was deze vrijpostigheid gewend en zag die aan voor wat ze was: als een pluim en een teken van aanmoediging.

'Je kunt me binnenkort opnieuw verwachten!' zei de wachtmeester nog.

Maar dat was zijn gewone afscheidsformule en Louis wist dat er maanden konden voorbijgaan voordat hij weer van Gabarre zou horen. Hij nam een eerbiedige, ietwat angstvallige houding aan om te laten geloven dat hij zijn lesje had geleerd. Zonder verdere vragen af te wachten verdween hij daarna met zijn forel.

*

Nu de zon verdwenen was, liepen Morlac en de rechter rond op de binnenplaats. Hun handen lieten de opgestikte zakken van hun lakense jasjes opbollen.

'Na de Februarirevolutie begonnen de Russen onderling te ruziën', zei de gevangene.

'Tussen tsaristen en revolutionairen, neem ik aan?'

'Tsaristen, die had je maar weinig. Misschien bij de officieren, maar die hielden hoe dan ook hun mond. Nee, het gekrakeel brak uit tussen de aanhangers van de voorlopige regering en de Sovjets die de revolutie voort wilden zetten. Afoninov was honderd procent voor de Sovjets.'

'En u?'

'Ik?'

Morlac was in de war. Hij wist dat hij het over zichzelf zou moeten hebben. Hij nam de verantwoordelijkheid op zich voor de rol die hijzelf bij het voorval had gespeeld. Maar hij leek het vooral lastig te hebben met het begin van de affaire. Hoe kon hij verklaren op welke manier hij in dat wespennest terecht was gekomen?

'Tja, aanvankelijk dacht ik niet dat de boeken die ik had gelezen, me ooit van pas zouden komen.'

'De boeken die u bij Valentine hebt gelezen?'

Morlac weigerde hierop een antwoord te geven en ditmaal kon Lantier zich voor de kop slaan dat hij zo nodeloos direct was geweest.

'Tijdens mijn verlof heb ik veel gelezen. De oorlog had me veranderd. Ik kon me niet voorstellen dat dat allemaal bestond. De granaten, de volkeren in uniform, de gevechten waarbij, in een paar minuten tijd, duizenden doden languit in de volle zon achterbleven. Ik was maar een simpel boertje, begrijpt u? Ik had geen flauw benul. Hoewel ik vóór de oorlog al aan het lezen was geslagen, waren dat toen boeken zonder enig belang. Toen ik met verlof terugkeerde, lag het helemaal anders: ik was op zoek naar antwoorden. Ik wilde erachter komen wat anderen begrepen van de oorlog, de samenleving, het leger, de macht, het geld, van al die dingen die ik pas nu leerde kennen.'

'Hoe lang heeft uw verlof geduurd?'

'Twee weken. Veel te kort natuurlijk. Maar de boeken die ik niet had uitgelezen, heb ik meegenomen.'

'Zoveel passen er niet in een plunjezak.'

'Ik heb er drie meegenomen.'

'Welke?'

Alsof hij de blijde boodschap verkondigde, richtte Morlac zich op om de titels te geven.

'Proudhon, *Filosofie van de armoede*, Marx, *De achttiende brumaire* en Kropotkin, *De anarchistische moraal*.'

'Heeft het feit dat u dergelijke teksten in uw zak had u niet in de problemen gebracht?'

'Eigenlijk heeft de staf pas argwaan gekregen na de Russische Revolutie. En ik had maatregelen getroffen. Er zaten andere kaften om. Van buitenaf gezien waren het liefdesromans.'

Lantier dacht aan Valentines vader, die goed thuis was in clandestiene methodes. Zijn dochter had van kindsbeen geleerd te doen alsof. Wellicht vond ze het geweldig dat ze Morlac haar terrein kon laten betreden, haar gevaarlijke geheimen met hem kon delen.

'Wat hebt u in die boeken gevonden?'

'Als ze de wereld verklaarden, begreep ik wat ze zeiden. Maar hun revolutionaire ideeën beschouwde ik eerder als zoete dromen of, in het beste geval, een belofte voor het hiernamaals, iets zoals het paradijs. Met de gebeurtenissen in Rusland zag ik opeens in dat het allemaal mogelijk was.'

Hij had zijn betoog afgebroken en keek Lantier recht in de ogen. Hij was een ander mens geworden. Er schuilde geen vreugde in hem, nog altijd niet, alleen een soort stralend licht dat uit zijn binnenste kwam. Zijn blik was vuriger, hij haalde dieper adem, zijn huid werd gekleurd door het bloed dat plotseling naar zijn wangen steeg. De met zijn land vergroeide boer was veranderd in een man die naar ruimte en naar de toekomst snakte. Als je niet hoorde wat hij zei, zou je hebben gedacht dat hij gek was.

'Probeert u het zich voor te stellen. We zaten in de diepste hel, in een beerput. De wereld was aan de barbarij ten prooi gevallen. En tegelijkertijd was men er, ergens anders, dankzij de wil van een volk in geslaagd een tiran te verdrijven! We moesten het werk afmaken. We moesten de revolutie voortzetten, niet alleen in Rusland, maar overal. Het eerste wat ons daarbij te doen stond, was een eind maken aan deze oorlog. Als wij in opstand kwamen, dan bleven de generaals alleen achter om te vechten... We konden hen met dezelfde middelen verslaan die Nicolaas II hadden verdreven.'

'Hebt u deelgenomen aan de muiterij?'

Lantier was verwonderd dat hij daarover niets had gelezen in het militaire dossier van de gevangene. Integendeel, in 1917 had men hem gedecoreerd voor een heldhaftige daad.

'Nee', bevestigde Morlac.

'En is er gemuit in uw eenheid?'

'Een paar zinloze acties. Verschillende jongens hebben zich verminkt om hun vel te redden. Ze dachten dat ze slim waren, maar meestal had men hen door, werden ze veroordeeld en soms gefusilleerd. Wat haalde dat uit?'

Tijdens de oorlog had Lantier in zijn eenheid een soortgelijk incident meegemaakt: een jonge bakkersknecht was twee vingers kwijtgeraakt door met zijn arm boven de loopgraaf te zwaaien, tijdens een nachtelijke wacht. De linies lagen heel dicht bij elkaar. Een andere stakkerd, aan de overkant, die wellicht doorhad wat hij wilde, had geschoten. Het was een onverkwikkelijke zaak, maar als overste van de sectie had er voor Lantier niets anders op gezeten dan de knaap naar de krijgsraad te sturen. Hij wist niet hoe het was afgelopen.

'Samen met de Russen hadden we andere plannen gesmeed. We zouden de zaken groots aanpakken.'

Wat hem stoorde in het personage van Morlac, werd opeens glashelder. Tot dat ogenblik had Lantier nog niet achterhaald waarom de gevangene hem die mengeling van wantrouwen en betovering inboezemde. Maar nu begreep hij het opeens: het was dat samenraapsel van terughoudendheid en megalomanie, zijn geveinsde schroom en zijn diepe overtuiging dat hij slimmer was dan de anderen. Morlac was een dwerg die werd verteerd door de ambities van een reus. Je wist niet of je hem moest beklagen omdat hij zulke hoge idealen koesterde, of moest lachen met zijn pretentie dergelijke dingen na te streven.

'Met Afoninov en zijn makkers werkten we een erg ambitieus plan uit waarbij de Bulgaren betrokken waren. We volgden een simpele logica: als het verzet tegen de oorlog efficiënt wilde zijn, dan moest het zich aan weerskanten van het front ontwikkelen. Zo niet zou het uitmonden in een nederlaag voor het ene of het andere kamp, en zouden de militairen die weigerden te vechten als verraders worden bestempeld. Wij, wat wij wilden, was eerst een verbroedering en daarna ongehoorzaamheid.'

'We hebben dat in Frankrijk ook meegemaakt, zulke bestanden tussen frontsoldaten. Ik weet van zo'n affaire naar aanleiding van Kerstmis.'

'Ja,' zei Morlac wijsneuzig, 'er waren zulke verbroederingen. Maar zonder politieke onderbouw waren ze ten dode opgeschreven. Daarom wilden wij steunen op mannen die onze revolutionaire ideeën deelden.'

‘Jullie hadden toch officieren, hogere militairen. Hebben zij u laten begaan? Stonden zij achter uw ideeën?’

Een misprijzend glimlachje verscheen op het gezicht van de gevangene.

‘We wilden geen nutteloze risico’s nemen door de klassenvijanden bij onze zaak te betrekken. We hebben alleen clandestiene methoden aangewend. Officieel ging ik naar de Russen om te drinken en naar hun muziek te luisteren. Ik had mijn hond, dat was handig: ik zei tegen mijn sergeant dat Wilhelm de hele tijd bij hen zat omdat hij een wijfje had gevonden, dat was trouwens niet gelogen. En hij gaf me de toestemming hem te gaan halen.’

‘Hadden de Russen dan ook honden?’

‘Ik weet niet waar de teef vandaan kwam, misschien hadden ze haar ter plaatse gevonden, hoe dan ook, ze hadden een mascotte bij zich die ze Sabaka noemden. Wilhelm was veel groter dan zij, maar het is hem toch gelukt haar drachtig te maken. Ik was al weg toen ze geworpen heeft en ik heb geen idee hoe de jongen eruitzagen.’

Dujeux betrad de binnenplaats en deelde mee dat het middagmaal van de gedetineerde was aangekomen. Ze keerden terug naar de cel. Aangezien de cipier begrepen had dat het verhoor een eeuwigheid zou duren, had hij een tafeltje neergezet met erop twee borden en twee glazen. De rechter ging tegenover Morlac zitten, en terwijl ze de lauwe soep aten die Dujeux uit de afgeleverde vertinde potten had geschept, zetten ze hun gesprek voort.

'Nou, dat plan?'

'Het was simpel, maar moeilijk realiseerbaar. Vlak bij het Roupelfort had je een sector waar de Bulgaarse linies en de onze heel dicht bij elkaar lagen. Dat was niet overal het geval. In dat bergachtige gebied had je meestal te maken met geïsoleerde posten die vrij ver van elkaar verwijderd waren. Via hun verkenners wisten de Russen dat de Bulgaarse eenheden om de tien dagen werden afgelost. Een van die eenheden telde veel soldaten die voor onze zaak gewonnen waren. We waren van plan te wachten tot ze in de eerste linie lag. Zodra ze de loopgraven van de frontlijn had ingenomen, zou er een signaal worden gegeven, waarop de Bulgaarse troepen hun officieren zouden neerknallen en wij tevoorschijn zouden komen om te verbroederen. Over de hele frontlijn zouden onze kameraden het bericht doorgeven en het oproer organiseren. We zouden officiële afkondigingen doen in Thessaloniki en Sofia. De arbeiders zouden in opstand komen. Het zou het einde van de oorlog betekenen en het begin van de revolutie.'

'Eet, het wordt koud.'

Morlac keek naar zijn bord en het duurde even voor hij weer bij zijn positieven kwam. Snel lepelde hij zijn soep op, gehaast als hij was om zijn relaas af te maken.

'En wat is er uiteindelijk gebeurd?'

Het gezicht van de gevangene betrok. Langzaam legde hij zijn lepel neer en scheurde een stukje brood af om zijn bord schoon te vegen.

'In het begin verliep het zoals gepland.'

'Alleen in het begin?'

Er viel een stilte. Morlac was opnieuw neerslachtig en zag er nors uit zoals voorheen.

'Gedurende zowat drie weken hadden we alles voorbereid. Ik moest een voorwendsel bedenken om, op het moment van de actie, naar de Russische linie te gaan. Er was een probleem met de aflossing van de Bulgaarse troepen. Uiteindelijk viel alles in de plooi op 12 september.'

'Dat is de dag van uw eervolle vermelding, of vergis ik me?'

Morlac haalde zonder antwoord te geven zijn schouders op. Hij leunde achterover en ging met een vingernagel opzij tussen zijn tanden.

'Het was een mooie nacht. Overdag was het warm geweest. Iedereen had er vertrouwen in, we waren uitgerust. Maar er was veel nervositeit. Het cruciale moment was de uitval in het no man's land. Helaas stond er die nacht geen maan en konden we niet veel zien. Er waren kniptangen aanwezig om de prikkeldraadversperringen door te snijden. Zodra we contact hadden gelegd, zouden we de lampen aansteken en ons organiseren. Het gevaarlijkste was het begin.'

'Hoeveel manschappen waren op de hoogte?'

'Aan Russische zijde wist zowat de hele eenheid ervan. Afoninov had me op het hart gedrukt dat aan Bulgaarse kant minstens tweehonderd mannen zouden meedoen. Bovendien kwam het goed uit dat de officieren van hun sector naar de legerstaf waren geroepen.'

Dujeux kwam binnen om de borden af te ruimen. Hij legde voor ieder een appel neer en ging weg.

'De actie was gepland om vier uur 's ochtends. Zo konden we ons voor zonsopgang organiseren, maar hoefden we, zodra we beide kampen hadden verenigd, niet te lang in het donker te blijven.'

'Wat was het signaal?'

'De Internationale. Aan Bulgaarse zijde zouden ze het lied aanheffen, en wij zouden in koor invallen. Onze stellingen lagen zo dicht bij elkaar dat je alles hoorde, vooral 's nachts. Om vier uur hoorden we de hymne van de overkant opklinken. U hebt geen idee wat voor indruk dat op ons maakte.'

Het scheen de rechter toe dat Morlacs ogen vochtig waren. In elk geval haalde hij een zakdoek tevoorschijn en hij probeerde zijn ontroering te verbergen door erin te snuiten.

'Daarna ging alles heel snel. Op het moment zelf hadden we niet door wat er aan de hand was. Achteraf pas hebben we de feiten kunnen reconstrueren.'

Hij snoot opnieuw, luidruchtig ditmaal. En zette opnieuw zijn stuurse gezicht.

'Ik bespaar u de details. Het is allemaal begonnen met Wilhelm. Hij was bij me, zoals gewoonlijk. Hij heeft prima ogen en het instinct van een jachthond. Toen hij voelde dat er aan de overkant iets begon te bewegen, is hij op een trapje geklommen en uit de loopgraaf weggerend. Zoals afgesproken trad er een Bulgaars soldaat naar voren. Maar de hond was niet op de hoogte...'

Hij grijnslachte.

'Hij is hem naar de keel gevlogen. Hij had dat al een keertje gedaan, bij de schermutseling met de bajonetten, en toen hadden we hem toegejuicht, weet u nog? Voor hem is een vijand een vijand. Het is een goede, trouwe hond.'

Op Morlacs gezicht verscheen een angstaanjagende grimas.

'Trouw, ja', herhaalde hij.

Lantier begon het te snappen.

'De Bulgaar schreeuwde het uit. In de pikzwarte nacht is iedereen in paniek geslagen. De kameraden die het meeste van de zaak af wisten, mochten schreeuwen dat er niets aan de hand was, de anderen geloofden hen niet. Ze dachten dat ze in de val waren gelokt. Sommigen begonnen te schieten. Bij ons werd daarop geriposteerd. Men vuurde lichtpijlen af. Onze artillerie reageerde meteen en bestookte de loopgraven aan de overzijde. Nou ja, u kunt het zich voorstellen.'

'Hoe hebben jullie je weten te redden?'

'Afoninov en ik waren verbijsterd. Eerst hebben we onze mannen nog tegengehouden. Daarna nam de zaak een heel andere wending. Het was weer oorlog. Ieder voor zich. Iemand heeft het signaal voor het offensief gegeven. De Russen trokken ten aanval en ik deed mee. De Bulgaren hadden de muiterij zorgvuldig voorbereid: ze hadden alle onderofficieren in hun sector uitgeschakeld. In hun gelederen heerste een complete verwarring en we hebben hen zonder weerstand onder de voet gelopen. Het was vreselijk. We vermoordden kameraden die op het punt hadden gestaan naar ons over te lopen. Een paar minuten geleden waren we bereid geweest te verbroederen, en nu, in de hitte van het offensief, maakten we iedereen af die ons pad kruiste.'

'Uiteindelijk raakte u gewond?'

'Na zowat een uur. We hadden drie verdedigingslinies doorbroken en onze artillerie had niet verwacht dat we zo ver zouden oprukken. De vlam sloeg in de pan, en ik werd achter aan de schedel geraakt door een granaatscherf. Het was geen diepe wond, maar ik was uitgeteld. Drie dagen later ben ik wakker geworden in Thessaloniki, in een hospitaal.

VIII

'Zo ben ik een held geworden.'

Om zijn woorden kracht bij te zetten, beet Morlac agressief in zijn appel.

'Eigenlijk is het allemaal de schuld van een hond', opperde de rechter.

De gevangene knikte onder het kauwen.

'Bent u daarom boos op Wilhelm?'

'Ik ben allang niet meer boos', antwoordde hij terwijl hij een pit uitspuwde. 'Akkoord, toen ik in het ziekenhuis wakker werd, lag dat anders. Toen ik besefte wat er was gebeurd, had ik zin om hem af te maken. Zodra ik kon opstaan, zag ik hoe hij beneden op de binnenplaats op me zat te wachten. En nachten aan één stuk, totdat ik weer beter was, probeerde ik manieren te vinden om van hem af te komen.'

Morlac wierp het klokhuis op de tafel.

'Maar dat kon ik niet doen. Om te beginnen was ik aan mijn bed gekluisterd. En vooral, ik was een held, ziet u? De officieren hadden me mijn eervolle vermelding uitgereikt, ondertekend door generaal Sarrail in eigen persoon. Toen hij werd opgevolgd door generaal Guillaumat, is die me in het hospitaal komen opzoeken. Gevolgd door zijn staf is hij mijn kamer binnengekomen om me te feliciteren. Iedereen had het over mijn hond. De mensen wisten dat hij bij me aan het front was geweest. De verpleegsters gaven hem te eten op de binnenplaats en kwamen me zeggen hoe het met hem ging. Niemand zou het hebben begrepen als ik hem met een revolverschot afmaakte. En toch kon ik dag en nacht alleen daaraan denken.'

Hij grijnslachte met dezelfde bittere trek op zijn gezicht, die Lantier zo irriteerde.

'De hele winter bleef ik binnenskamers zitten, en werd ik verzorgd. Maar vanaf de eerste mooie dagen gaven de artsen me toestemming om wandelingen te maken, in de waan dat ze me daarmee een plezier deden. En die ganzen van verpleegsters kwamen met Wilhelm aanzetten om me gezelschap te houden! Ze hadden zelfs geld bijeengelegd om hem een mooie halsband te kopen. Het enige wat me hielp zijn aanwezigheid te verdragen, was de kop die hij zette nu hij aan het uiteinde van een riem vastzat.'

'Maar het is een hond, u kunt toch niet boos zijn...'

'Tot dat besluit ben ik uiteindelijk zelf ook gekomen. Het heeft me bijna zes maanden gekost. Het was hartje zomer, ik herinner het me alsof het gisteren was. We zaten in de schaduw van een parasolden, hij en ik. Ik keek naar zijn kale nek, want ook hij was gewond geraakt tijdens het incident, en het duurde lang voor zijn wonden geheeld waren. En opeens voelde ik een soort duizeling. Het leek alsof alles om me heen tolde. Maar in feite gebeurde dat in mijn hoofd: alles viel in één klap op zijn plaats. Een grote omslag van ideeën.'

Hij stond op en liep naar het eind van zijn cel. Daarna draaide hij zich met een ruk om: 'Hij was de echte held. Dat dacht ik toen, ziet u. Niet alleen omdat hij me naar het front was gevolgd en er gewond raakte. Nee, het zat dieper, het was veel radicaler. Hij had alle kwaliteiten die men van een soldaat verlangt. Hij was loyaal tot in de dood, moedig, meedogenloos voor de vijand. Voor hem bestond de wereld uit goeden en kwaden. Er bestaat een woord om dat te beschrijven: hij bezat geen greintje menselijkheid. Natuurlijk, het was een hond... Maar van ons, die geen honden waren, verlangde men hetzelfde. De onderscheidingen, medailles, eervolle vermeldingen, bevorderingen, het diende allemaal om beestachtige handelingen te belonen.'

Hij stond nu recht tegenover Lantier, maar keek verder, hoger, wat er in de benauwde cel op neerkwam dat hij naar de muur staarde.

'Integendeel zelfs, de enige blijk van menselijkheid, deze die erin zou hebben bestaan de vijanden te laten verbroederen, de oorlog te staken, de regeringen te dwingen om vrede te sluiten, dat was de verfoeilijkste daad van allemaal, die we met de dood zouden hebben betaald als men erachter was gekomen.'

Hij pauzeerde een ogenblik, kwam tot bedaren en ging opnieuw zitten.

'Zodra ik dat inzag, haatte ik Wilhelm niet langer. Maar ik had ook geen enkele reden om van hem te houden. Hij had gehandeld naar zijn natuur, en die natuur was niet menselijk. Dat was zijn enige excuus. In tegenstelling tot hen die ons naar de slachtbank leidden en geen enkel excuus hadden. Hoe dan ook, op dat ogenblik heb ik besloten wat ik zou doen.'

Lantier had tijdens de lange bekentenis geen woord gezegd. Hij was diep in de war. In zijn hart had hij begrip voor alles wat Morlac had gezegd en was hij het met hem eens. En toch, als hij bij hem was voorgeleid wegens desertie of muiterij, dan zou hij hem inderdaad zonder aarzelen hebben veroordeeld.

De gevangene was uitgeput door zijn bekentenis. Hij zat met hangende schouders en een ijle blik in zijn ogen op zijn brits. Zijn rechter voelde zich al even verdoofd. Hij wilde weg uit deze verstikkende ruimte, hij wilde lopen, zijn gedachten ordenen. Hij onderzocht de zaak nu al vier dagen en het werd tijd dat hij tot een duidelijke conclusie kwam. Al met al hoefde hij het personage en zijn actie niet méér belang toe te schrijven dan ze werkelijk bezaten.

Lantier stond bekend voor zijn talent om knopen door te hakken, zelfs in de neteligste dossiers. Ditmaal echter slaagde hij daar niet in. Hoe meer hij over de zaak te weten kwam, hoe minder duidelijk zijn oordeel werd. Hij vroeg zich een moment af of Morlac het er niet op aanlegde hem een rad voor de ogen te draaien. Maar dan zou hij de overduidelijke eerlijkheid van zijn verklaring in twijfel trekken.

De rechter was zo geërgerd dat hij voor een keer geen begrip liet blijken voor de man die hij ondervroeg. Hij nam kortaf afscheid: 'Bereid u voor om morgen het proces-verbaal van uw verhoor te ondertekenen.'

Toen hij buiten stond, op het Micheletplein, dat nog luw was van de zon waarin het had gebaad, streek hij over zijn gezicht en keek om zich heen als een slaper die net uit een nachtmerrie is ontwaakt.

De eerste aanwezigheid die hij opmerkte, was Wilhelm, die opnieuw onder de bomen de wacht hield. Zonder te blaffen volgde de hond hem met de ogen, tot hij de hoek van de straat was omgeslagen.

*

Gewoonlijk rookte Valentine niet. Maar van slag gebracht door haar initiatief had ze naar dat middel gegrepen om te kalmeren. Lantier had haar zijn pakje grijze tabak toegeschoven en ze hoestte, terwijl ze lange trekken van haar slecht gerolde sigaret inhaleerde.

Hij had haar bij zijn terugkeer aangetroffen in de hal van het hotel en zij had opnieuw gevraagd hem te kunnen spreken. Ditmaal echter ging het niet om een kort onderhoud. Ze wilde haar hart uitstorten en met het typische lef van timide mensen verborg ze amper dat ze door hem te eten gevraagd wilde worden. Hij had lak aan het geroddel van de goegemeente, en zij kennelijk eveneens. Hij bracht haar naar het restaurant waar hij de procureur was tegengekomen. Ditmaal was de eetzaal helemaal leeg. Ze deed haar best er onverschillig uit te zien, maar haar ogen glansden. Ze streelde de witte, donzige stof van haar servet alsof het de zachte vacht van een dier was.

'Ik ben het niet gewend mijn hart uit te storten bij een kerel in uniform. U hebt vast inlichtingen verzameld. U weet waar ik vandaan kom.'

In een kwartier tijd had ze de fles bordeaux voor de helft leeggedronken. Lantier wilde vooral niet dat ze zou denken dat hij haar dronken probeerde te voeren. Maar ze wist wat ze deed. Hoe vreemd het ook leek, ze had zichzelf onder controle, misschien zelfs meer dan wanneer ze nuchter was.

'Toen ik hem ben tegengekomen, had hij zijn boerderij nog maar net verlaten.'

Het ging over Morlac, zoveel was duidelijk. Lantier had het onderwerp graag willen vermijden. Hij had zin om alleen te zijn en het hele verhaal te vergeten. Maar het was nu eenmaal zo; de zaak liet hem voorlopig nog niet los. Hij kon dus maar beter doorbijten en luisteren naar wat ze te vertellen had.

'Waarom stond hij me aan? Wat wekte mijn belangstelling voor hem op?'

Hij had geen vragen gesteld. Uit dat soort uitlatingen leidde hij af dat ze een beetje in de wind was. Eigenlijk praatte ze tegen zichzelf.

'Hij zag er niet uit als een boer, dat is het. Je hebt van die mensen die niet tot hun klasse behoren. Dat is vrij geruststellend, vindt u niet? Ik heb vaak horen praten over de klassenstrijd. Trouwens, tijdens mijn kinderjaren had mijn vader het nooit over iets anders. Ik heb dat idee aanvaard. Het is waar: je kunt het niet ontkennen. Maar toen ik na zijn dood hier, op het platteland, terechtkwam, drong het tot me door dat dat niet volstond. Je moet rekening houden met de mensen. Hun geschiedenis kan ervoor zorgen dat ze van klasse veranderen, zoals ik bijvoorbeeld. En dan heb je diegenen op wie dat allemaal geen vat lijkt te hebben, die als het ware op zichzelf bestaan.'

Ze had haar rundsstoofpotje amper aangeraakt. Ze was het vast niet gewoon vlees, sauzen te eten.

'Toen we elkaar leerden kennen, kon Jacques nauwelijks lezen. Hij heeft het geleerd om me plezier te doen, dat weet ik. Het stoorde me, maar tegelijk hield ik van het idee dat hij bereid was die inspanning voor me te doen. Het was een bewijs van zijn liefde. Hij was niet in staat over liefde te praten, maar hij had dat middel gevonden om te laten zien wat hij voor me voelde.'

'Wat las hij zoal?'

'Van alles. Vooral romans. Hij zei niet wat hij het liefst las, maar na zijn vertrek zag ik de gaten in mijn boekenkast. Ik heb altijd geweten waar mijn boeken stonden. Je zou het zo niet zeggen. Ze zien er niet gerangschikt uit. Maar ik wéét het.'

In dit warme weer was het beter te zien hoe mager ze was. Ze droeg een slordig gebreid jasje over haar jurk, maar verhit door de wijn had ze het uitgetrokken, en Lantier kon haar hals met de duidelijk afgetekende spieren zien, de holten van haar sleutelbeenderen waarover de riempjes van haar keurslijf gleden.

'Ik had *De nieuwe Heloïse* omdat het van Rousseau was en omdat mijn vader hem zag als de denker van de verlichting. Maar ik wist goed dat Jacques het werk om een andere reden zo lang bij zich hield. Hij was romantisch, zonder dat hij dat zelf besefte. En daar hield ik van.'

'U had het met hem nooit over politiek?'

'Nooit, toen toch niet. Toen de oorlog nog maar pas was uitgebroken, hadden we het een keertje over de situatie gehad. Hij was ontzettend naïef. Eerlijk gezegd had hij geen flauw benul. In dat opzicht was hij wel degelijk een boer. Hij vond het normaal dat men hem op een dag kwam halen om te gaan vechten, ook al stond het hem niet aan. Toen hij vertrok, heb ik geprobeerd hem om te praten. Maar ik had meteen door dat het nutteloos was. Ik heb toen dingen gedaan die ik me nooit had kunnen voorstellen. Ik heb hem een sjaal gebreid. Ik wilde dat hij wegging met iets van mij. Toen mijn hond met hem meeliep, was ik heel blij.'

'Wilhelm is uw hond?'

'Toen heette hij nog niet zo. Het was de hond van mijn oudtante, of liever, het jong van haar oude briardteefje. We hadden de andere welpjes verdronken, maar mijn tante had er eentje gehouden voor mij. Ik noemde hem Kirou.'

Ze lachte, maar uit koketterie ontblootte ze haar tanden nooit lang, want aan de zijkant ontbrak een kies en ze wist dat het niet mooi was.

'Het is een hond die gek was op mannen. Telkens als de postbode langskwam, volgde hij hem en dan duurde het vaak verschillende dagen voordat hij terugkeerde. Toen Jacques me begon op te zoeken, was hij altijd door het dolle heen.'

'Hebt u hem gezegd de hond mee te nemen naar de oorlog?'

'Wat had u gedacht! Hij is uit eigen beweging meegelopen. En dat maakte me blij.'

'Heeft hij u op de hoogte gehouden?'

'Zolang hij in Frankrijk was, kreeg ik wekelijks brieven. En op een dag is hij teruggekeerd.'

De fles was leeg. Lantier twijfelde of hij nog wijn moest bestellen. Ze verkruimelde haar brood en pikte de stukjes korst op.

'Het was eind december. Het was vreselijk koud. De vochtige koude van hier. We bleven de hele dag en de hele nacht binnen in de warmte. Ik heb de hele houtvoorraad opgestookt die ik voor de winter had aangelegd. Het kon me niet schelen. Ik wilde dat hij het goed had.'

'Was hij veranderd?'

'Helemaal. Hij deed denken aan een boom zonder bladeren, hard, compleet verdord. Hij glimlachte niet meer. Hij praatte veel.'

'Waarover?'

'Over de gevechten, ook al was hij op dat moment niet aan het front. Over al die mannen die hij in het leger had leren kennen. Over de vreselijke wapens die men had uitgevonden om mensen te vermoorden. Hij begreep er niets van. De oorlog was zo onwezenlijk voor hem. Hij had het zich nooit kunnen voorstellen. Hij wilde weten. De politiek, de economie, de volkeren, de naties, hij stelde zich overal vragen bij.'

Ze pakte haar glas vast en keek droevig naar het restje wijn dat was overgebleven. Lantier bestelde een nieuwe fles.

'Ik voelde er niets voor met hem over die abstracte onderwerpen te praten. Dat is misschien moeilijk te begrijpen. Maar, ziet u, ik was verliefd en ik wilde alleen daaraan denken. Ik wist dat hij niet lang bij me zou blijven. Ik wilde gelukkig zijn. Ik wilde hem omhelzen, aanraken, me tegen hem aandrukken. Dus heb ik hem alleen een paar boeken aanbevolen, meer niet. Hij begon de politieke werken te lezen die hem tot nog toe niet hadden geïnteresseerd. En ik, terwijl hij zat te lezen, keek naar hem, ik overlaadde hem met zoenen, ik zocht mijn toevlucht in zijn warmte.'

'Hoe lang is hij gebleven?'

'Twee weken. En natuurlijk werd ik zwanger. Ik wist dat dat zou gebeuren. Ik wilde het. Ik kan haast zeggen wanneer precies ons kind werd verwekt. Maar ik heb het er met hem niet over gehad.'

De dienster stond er met de nieuwe fles. Op een stugge manier vulde ze de glazen en ze morste wat wijn op het tafelkleed, zonder zich te verontschuldigen.

'Toen hij vertrok, heeft hij drie boeken meegenomen.'

'Proudhon, Marx en Kropotkin.'

'Hij heeft het u gezegd.'

Voor het eerst sinds het begin van hun gesprek keek ze Lantier aandachtig aan en hij had het gevoel dat ze pas nu zijn bestaan opmerkte.

'Daarna', zei hij, 'is hij naar het Oriëntleger vertrokken.'

Ineens zag ze er erg afgemat uit. Haar gezicht betrok alsof ze vanbinnen door een intens verdriet werd overvallen.

'Dat heeft hij me geschreven. Ik was wanhopig. Zolang hij in Frankrijk was, ziet u, had ik het gevoel dat hij nog dichtbij was. Maar de oorlog in Griekenland, dat was heel wat anders. Ik had het gevoel dat hij niet terug zou keren. Ik heb hem een brief geschreven om te zeggen dat ik een kind verwachtte. Hij moest dat voor zijn vertrek weten, vond ik. Misschien hoopte ik eigenlijk dat hij een manier zou vinden om bij me te blijven.'

'Hoe reageerde hij op het nieuws?'

'Hij schreef dat het goed was, en hij zei dat ik het kind, indien het voor zijn terugkeer geboren werd, Marie moest noemen als het een meisje was, en Jules als het een jongetje was.'

Ze lachte zenuwachtig.

'Ik zei het al: hij kan zijn gevoelens niet uiten.'

Lantier dacht dat hij een traan in haar ooghoeken zag glanzen, maar ze maakte een hoofdbeweging om haar haar naar achteren te gooien en alles was weg.

'Toen begreep ik dat me nog slechts één hoop restte: dat de oorlog zo snel mogelijk voorbij was. Ik had afstand genomen van de vroegere vrienden van mijn vader. Ik wilde niet meer van ze horen. De politiek had ons zo al voldoende kwaad berokkend. Maar opeens ben ik van mening veranderd. De enigen die tegen de oorlog vochten, die meteen gezegd hadden dat het een schande was, die de redenen ervan onderuit hadden gehaald en van plan waren het kwaad met wortel en tak uit te rukken, waren de utopisten, de socialistische volksmenners op wie ik ten onrechte had neergekeken. Ik heb naar een van ze een brief geschreven, een zekere Gendrot, die mijn peetoom was. Hij had me na de dood van mijn vader willen komen opzoeken, maar ik had nooit gereageerd. Gelukkig woonde hij nog altijd op hetzelfde adres en heeft hij mijn brief gekregen.'

Drie mannen waren de bar binnengekomen. Die was van het restaurant afgescheiden door een matglazen wand die niet tot het plafond reikte. Je kon hen luidruchtig horen lachen en praten met de kastelein.

'Gendrot was een metgezel van Jaurès. Nadat die vermoord was, is hij trouw gebleven aan de pacifistische ideeën. Hij heeft problemen gehad met de militairen.'

Lantier was blij te zien dat ze hem niet langer als dusdanig beschouwde. Ze nam hem in vertrouwen en probeerde alles af te wegen.

'Hij bleef de bezieler van een groep die erg tegen de oorlog ageerde. Ze hadden officiële activiteiten, met een krantje dat enigszins werd gecensureerd. Maar ze hielden zich ook bezig met steun aan pacifistische militanten, buitenlanders vooral die verplicht waren onder te duiken.'

'Vreesde u niet dat u zich moeilijkheden op de hals zou halen als u hem schreef?'

'Welke moeilijkheden? Ach, ze hebben me altijd in de gaten gehouden, vanwege mijn vader. Maar de politie weet dat ik niets verkeerds doe. Hoe dan ook, ik heb haast niets in dat berichtje geschreven, alleen dat ik hem terug wilde zien omdat hij per slot nog altijd mijn peetoom was.'

'Heeft hij teruggeschreven?'

'Hij heeft iemand gestuurd. Een mijnwerker uit Le Creusot heeft honderd kilometer te voet afgelegd om met me te praten. Hij is twee dagen gebleven. Hij heeft gezien waar ik woonde en begreep meteen hoe ik hen van dienst kon zijn.'

'Wilden ze niet dat u in de stad kwam wonen?'

'Integendeel. Ze hadden schuilplaatsen nodig op het platteland, voor jongens die op de vlucht waren of die maar beter niet van zich lieten horen.'

'Hebt u dat aan Morlac geschreven?'

Ze hadden koffie besteld en zij roerde in haar kopje, waarin ze langzaam twee klontjes suiker had laten oplossen.

'Helaas nee. Ik wilde niet dat hij zich zorgen zou maken. Ik deed dat voor mezelf, ziet u, omdat ik me nuttig wilde voelen, omdat ik een bijdrage wilde leveren, hoe klein ook, om de oorlog korter te maken.'

'Was hij al naar Griekenland vertrokken?'

'Ik wist het niet. De post werd heel onregelmatig besteld. Jacques werd van het ene naar het andere kamp gezeuld, telkens meer naar het zuiden. Uiteindelijk hebben ze hen naar Toulon overgebracht. Maar hun afvaart werd voortdurend uitgesteld, vanwege de onderzeese oorlog.'

Ze maakte een grimas. De kreten van de zatlappen in de bar klonken dubbel zo hard en overstemden haar nu en dan, want ze sprak op zachte toon.

'Gendrot heeft er in elk geval geen gras over laten groeien. Hij liet me pakjes met clandestiene pamfletten bezorgen, die ik moest verstoppen tot ze uitgedeeld konden worden. Hij heeft een stel Belgen naar me toe gestuurd, die uit een interneringskamp waren ontsnapt. Zes maanden aan één stuk was er haast de hele tijd iemand in mijn huis.'

'En Morlac was nog steeds niet op de hoogte?'

Ze boog het hoofd. Het was duidelijk erg pijnlijk die periode opnieuw te beleven. Zenuwachtig wrong ze haar vingers om.

'Ik heb hem niets gezegd. Nu het allemaal concreet was geworden, kon ik hem onmogelijk details geven in mijn brieven. Er was de militaire censuur... Maar het is waar, ik had hem moeten waarschuwen. Zo had ik vermeden dat hij het zelf zou ontdekken.'

‘Hoezo ontdekken? Hoe kon hij dat weten, hij was toch ver weg?’

‘Hij is teruggekeerd.’

‘Bedoelt u dat hij een tweede verlof heeft gekregen?’

‘In juli, kort voor ze zouden afvaren, is hij erin geslaagd drie dagen verlof te krijgen. Hij heeft niet gezegd waar hij naartoe ging; ze zouden hem nooit de toestemming hebben gegeven. Hij heeft halsbrekende toeren uitgehaald, door op goederentreinen te springen, een paard te stelen, de laatste kilometers te lopen totdat zijn schoenen helemaal om zeep waren. Ik ben dat allemaal achteraf te weten gekomen...’

Ze schoot in de lach, van bewondering, van spijt, van wanhoop.

‘Hij was hier vroeg in de ochtend aangekomen. Hij had zich achter het muurtje van de moestuin verstopt. U weet vast nog waar dat is? Hij wilde me verrassen.’

Ze snifte en richtte zich op, om zich een houding te geven.

‘Op dat ogenblik had Gendrot een arbeider uit de Elzas naar me toe gestuurd, die gezocht werd voor sabotage. Het was een lange, blonde, erg zachte jongen. Hij zei niet veel, maar hij hielp me de hele tijd. Nu ik zwanger was, kon ik bepaalde karweitjes in de tuin niet meer opknappen. En Albert, die wist wat af van een moestuin. Ik hoefde hem niet eens te zeggen wat hij moest doen.'

'U hebt maar één kamer. Waar sliep hij?'

Ze richtte haar hoofd op, uitdagend.

'Bij mij. We deden niets. Ik stond trouwens op het punt te bevallen. Maar, ik weet niet of een man dat kan begrijpen, nou ja, ik had iemand nodig die bij me was. Ik vlijde me tegen hem aan. Ik was niet langer alleen. En ook mijn kind was niet meer alleen. Het is moeilijk uit te leggen.'

'En hij, nam hij daar genoegen mee?'

'Ik denk het wel. Hij was erg teder. Hij zoende me de hele tijd. Ik voelde soms dat hij naar me verlangde, maar hij heeft me nooit gedwongen. Hij zei dat hij tevreden was met wat tederheid. Hij leed er erg onder dat hij zo ver van zijn familie verwijderd was. Een familie van vrouwen trouwens, met zijn moeder en zijn vier zussen.'

'Heeft Morlac u samen in bed aangetroffen?'

'Hij heeft Albert naar buiten zien gaan, want hij stond altijd vóór mij op om zich aan de put te wassen.'

'Wist de jongen dat u een vrijer had in de oorlog?'

'Hij vermoedde dat wel, vanwege mijn toestand. Maar onder kameraden gold de regel zo weinig mogelijk over jezelf te zeggen, voor het geval dat men je zou verhoren.'

'Hebben ze met elkaar gepraat?'

'Toen Albert de soldaat in de moestuin zag, wilde hij weten wat hij daar uitvoerde. Morlac heeft hem gevraagd of ik thuis was. De ander heeft gezegd dat ik nog lag te slapen.'

Ze had een servet om een vinger gebonden en spande het aan, spande het steeds harder aan. Het bloed kon niet meer vloeien. Het zag er heel pijnlijk uit.

'Albert heeft gevraagd of hij een bericht kwam brengen. Jacques is overeind gekomen. Hij heeft even naar de gesloten deur gekeken en hij heeft "Nee" gezegd. Daarna is hij weggegaan.'

'U hebt hem niet gezien?'

'Ik was heel moe die dag. Het kind bewoog de hele tijd. Ik had slecht geslapen. Een uur later ben ik opgestaan. Albert was gras gaan snijden voor de konijnen. Tijdens het middageten vertelde hij me dat Morlac was langsgekomen. Het was te laat om hem nog in te halen.'

Lantier keek haar aan. Ondanks haar magerte, haar weinig verzorgde uiterlijk, de sporen die de beproevingen op haar gezicht hadden achtergelaten, ging er een glans van haar uit die haar mooi maakte, als een vuur dat niet wil doven, een licht dat in de algehele duisternis des te harder glanst.

'Hebt u hem geschreven?'

'Natuurlijk. Maar nog altijd vanwege de censuur kon ik niet schrijven hoe de vork precies in de steel zat. En ik weet niet eens of hij mijn brieven wel ontving.'

'Heeft hij er u geen meer gestuurd?'

'Nooit meer.'

'Hebt u hem op de hoogte gebracht van de geboorte van uw zoon?'

'Toen Jules geboren werd, heb ik hem geschreven. En een poosje later ben ik er zelfs in geslaagd in de stad een foto te laten maken. Ik heb nooit geweten of hij die ontvangen heeft.'

Ondanks haar inspanningen kon ze ditmaal haar tranen niet tegenhouden. Ze vloeiden in stilte en rolden als regendruppels op dor hout. Ze liet er drie, vier vallen voor ze reageerde. Ze wiste haar gezicht met haar servet af en hernam, terwijl ze Lantier recht in de ogen keek: 'Ik bezweer u, mijnheer, dat ik nooit heb opgehouden aan hem te denken. Ik heb alleen van hem gehouden. Ik hou alleen van hem. Ik droom van hem. 's Nachts, in de winter, liep ik soms naar buiten in de koude zonder me aan te kleden, zonder te voelen dat het vroor, en ik schreeuwde zijn naam uit, alsof hij opeens zou opdoemen in de moestuin, bij me terug zou keren. Ik deed mijn ogen dicht en voelde zijn ademhaling, ik rook zijn geur... U denkt vast dat ik gek ben.'

Lantier sloeg zijn ogen neer. De noodkreet van een verliefde vrouw laat de mannen steevast beseffen hoe ontzettend zwak ze op dat vlak wel zijn.

'Toen hij na de oorlog teruggekeerd was, wist u dat niet?'

'Niet tot hij dat schandaal heeft veroorzaakt en gearresteerd werd.'

De zatlappen uit de andere zaal liepen door elkaar naar buiten. De dienster gluurde door de kier van de klapdeur of ze de rekening moest brengen.

'Ik reken op u', zei Valentine, terwijl ze de rechter strak in de ogen keek.

IX

Voordat Lantier het afrondende gedeelte van zijn onderzoek aanvatte, wilde hij eerst een lange wandeling op het platteland maken.

Hij stond op bij het ochtendkrieken en vertrok in noordelijke richting, waar het grote woud begon dat zich uitstrekte tot Bourges.

De meeste bomen waren eiken. De oudste waren al in de tijd van Lodewijk XIV geplant. Naarmate je je verder op de bospaden begaf, trof je onverwachte bomenrijen aan. De wanorde van de stammen maakte, even toch, plaats voor een rechtlijnige bres die naar de einder leek te lopen. De tussenkomst van de menselijke wil in de chaos van de natuur vertoont nogal wat gelijkenissen met het ontstaan van het idee in het magma van nevelige gedachten. In beide gevallen vormt zich opeens een perspectief, een heldere doorgang die zowel de dingen als de ideeën ordent en die een vergezicht mogelijk maakt. In geen van beide gevallen blijven zulke heldere momenten duren. Als je vergeet de voorstelling in het geheugen of op schrift vast te leggen, verdwijnt ze zodra je opnieuw begint te lopen, zodra je geest opnieuw in beweging komt.

Maar door zo'n tocht in het bos word je meer dan ooit tot nadenken gestimuleerd en Lantier had dat nodig. Er was niet alleen de zaak die hem bezighield, hij dacht ook aan het leven dat op hem wachtte, aan de episode die zou aanbreken nu hij het militaire leven achter zich liet. Hij dacht aan de oorlog die, met de laatste processen, een tweede maal zou eindigen. Net zo rechtlijnig als deze tra's waren op de slagvelden kerkhoven aangelegd waar de resten van de gesneuvelde soldaten een rustplaats hadden gevonden. Maar die zaden zouden nooit meer ontkiemen.

Midden in het bos stuitte hij op een plas en hij liep eromheen. Hij kwam jagers tegen die de bossen verkenden in afwachting van de opening van het seizoen. Ze werden voorafgegaan door honden die hem kwamen besnuffelen. Lantier mijmerde dat het gezelschap van honden de enige aanwezigheid was die de eenzaamheid niet verstoort. Hij moest meteen aan Wilhelm denken en zei bij zichzelf dat Morlac, in al zijn ongeluk, toch had geboft dat het dier hem voortdurend had vergezeld. En hij nam het hem kwalijk dat hij er zo weinig dankbaar voor was.

Daarna bereikte hij een lagergelegen vlakte die met gerst was bezaaid en liep langs velden waarop een zee van blonde aren golfde. Hij belandde op een stoffige weg die naar de stad leidde. Hij had amper tweehonderd meter afgelegd of hij zag een man die naar hem toe kwam gefietst. Het was Gabarre.

'Ik was naar u op zoek. Ze zeiden dat u hier ergens was.'

Gedaan met de eenzaamheid. De wachtmeester bleef naast Lantier lopen terwijl hij zijn fiets voortduwde. Hij vertelde wat hij had ontdekt.

Hij is al even trouw als Wilhelm, dacht Lantier. Maar het voelt toch net enigszins anders aan, als je met een gendarme gaat wandelen...

*

Dujeux verwenste de rechter, die hem had gevraagd buiten de wacht te houden. Hoe kwam hij erbij, de gevangene niet in zijn cel te verhoren, maar hem in zijn kantoor onder te brengen! Akkoord, het was de laatste dag. Hij moest het proces-verbaal ondertekenen en luisteren naar de besluiten van de rechter. Maar toch, hoe kwam hij erbij… Het reglement werd met de voeten getreden en mocht het slecht aflopen, dan zou Dujeux hoe dan ook duidelijk stellen dat hijzelf er niets mee te maken had.

Lantier had achter het bureau plaatsgenomen, en de verdachte zat tegenover hem, in een spijlenstoel waarvan een armleuning ontbrak.

'Ik heb goed nagedacht, Morlac. Sta me toe u het volgende te zeggen: u vormt zich een vrij onvolkomen idee over menselijkheid.'

'Wat bedoelt u eigenlijk?'

'Dat verhaal over verbroedering, de muiterij die u op touw wilde zetten, het einde van de oorlog…'

'En?'

'Dat is uw opvatting over menselijkheid, toch? Verbroedering tegenover haat enzovoort.'

'Inderdaad.'

'Nou, volgens mij is dat wat kort door de bocht. Menselijkheid betekent ook een ideaal hebben en ervoor vechten. U was voor vrede omdat u niet in deze oorlog geloofde. U bent tegen de Natie en tegen de burgerregeringen. Of vergis ik me?'

Morlac was enigszins uit zijn lood geslagen, want hij verwachtte niet dat het gesprek deze wending zou nemen en hij was op zijn hoede.

'Maar,' vervolgde de rechter, 'als het erop aankwam te vechten voor idealen waar u achter staat, dan zou u akkoord gaan, dunkt me. Toen de Russische revolutionairen in oktober de macht grepen, hebt u ze dan niet toegejuicht?'

'Ja.'

'En toen ze de tsaar en zijn gezin hebben vermoord, hebt u toen tot verbroedering opgeroepen?'

'Dat was de prijs die betaald moest worden om de triomf van de reactionairen te verhinderen.'

'Ach zo! De prijs die betaald moest worden...'

Lantier stond op en liep naar het raam, de handen op zijn rug gevouwen.

'Ik weet zeker dat we hier lang over zouden kunnen praten. Laten we het dus over iets anders hebben.'

Hij draaide om zijn as en keek de gevangene strak aan.

'Ik wil alleen de zaken duidelijk stellen. We delen niet dezelfde waarden, we geloven niet in dezelfde ideeën. Maar allebei zijn we vechters.'

'Daar kan ik in komen. Nou?'

'Nou, wat u hebt gedaan, datgene waarvoor ik u moet vonnissen, is volgens mij, alles waarvoor u strijdt in acht genomen, een vergissing.'

Morlac zette verbaasde ogen op.

'Een vergissing en, als ik zo vrij mag zijn, een zwakheid. Uw daad staat compleet los van de strijd die u voert en die, maar daar hoef ik niet aan te herinneren, helemaal niet de mijne is.'

'Ik heb geen idee wat u bedoelt.'

'U hebt geen idee. Goed, laten we de feiten op een rijtje zetten.'

Lantier ging zitten en sloeg het dossier open dat op het bureau lag.

'Op 14 juli 1919,' las hij, 'om halfnegen 's ochtends, is de genaamde Jacques Morlac, terwijl op het Dantonplein de voorbereidselen tot het defilé werden getroffen, naar de officiële tribune gelopen, waar de gestelde machten hun plaats al hadden ingenomen rond de heer Emile Legagneur, prefect van het departement. De hierboven vermelde Morlac is een oudstrijder, afkomstig uit een landbouwersgezin dat in de streek een eerbare reputatie geniet. Rekening houdend met zijn verwondingen en de légion d'honneur die hij voor zijn verdienste in de strijd had ontvangen, heeft de bij de eretribune postende gendarme het niet nodig geacht hem te verdrijven.'

Morlac haalde de schouders op. Hij keek in het ijle.

'De hierboven vermelde Morlac liep op de heer prefect af en hield op een paar passen afstand van de tribune halt. Onder de eregasten viel toen een volledige stilte. De hierboven vermelde Morlac heeft de gezagdragers vervolgens met luide stem toegesproken terwijl hij zijn identiteit bekendmaakte.'

Lantier keek op om zich ervan te vergewissen dat de gevangene luisterde.

'Op dat moment heeft hij zonder notities volgende rede afgestoken, die duidelijk en met voorbedachten rade uit het hoofd was geleerd: "Voor zijn exemplarische gedrag aan het Balkanfront, omdat hij niet heeft geaarzeld een Bulgaarse soldaat, die weliswaar door pacifistische intenties werd gedreven, aan te vallen, heeft de hier voor u aanwezige soldaat Wilhelm de hoogste erkenning van het Vaderland verdiend."'

Er verscheen een trieste glimlach op Morlacs gezicht.

'De hierboven vermelde Morlac heeft toen zijn erekruis vastgepakt en voegde er nog het volgende aan toe: "Soldaat Wilhelm, in naam van de president van de Republiek heet ik u welkom in de orde van de schande die het blinde geweld beloont, de onderwerping aan de machtigen en aan de beestigste instincten, en benoem ik u tot ridder in het Legioen van Eer." Waarop hij de decoratie aan de nek van zijn hond bevestigde, een militaire groet nabootste, om zijn as draaide en in het verlengde van het defilé postvatte. De eerste troepen kwamen op dat ogenblik ter hoogte van de tribune aan. De hierboven vermelde Morlac marcheerde aan het hoofd van de stoet, voorafgegaan door zijn potsierlijk gedecoreerde hond.'

Alsof Wilhelm vanaf het plein zijn naam had opgevangen, kefte hij tweemaal met een verzwakt stemgeluid.

'De menigte die op de esplanade was samengedromd, kreeg opeens lucht van de provocatie en barstte uit in spottend gelach. De woorden “Weg met de oorlog” waren te horen. Er klonk applaus op. Alles was heel snel gegaan en de postende soldaat had de rede van de hierboven vermelde Morlac niet gehoord, zodat de openbare smaad waaraan deze laatste de gezagdragers moedwillig had onderworpen niet tijdig een halt kon worden toegeroepen. Wachtmeester Gabarre, die vanaf zijn van de tribune verwijderde post de groteske optocht van de bovenvermelde Morlac en diens hond met rode halsband had bijgewoond, is toen overgegaan tot zijn arrestatie. Deze handeling, hoe legitiem ook, heeft toen geleid tot vijandige reacties bij de menigte. De wachtmeester werd met stenen bekogeld en raakte lichtgewond aan de slaap. De prefect beval de menigte uiteen te drijven en moest de tussenkomst eisen van de troepen in groot tenue, die zich aanvankelijk klaar hadden gehouden om te defileren. De ceremonie eindigde zonder dat men dit jaar de plechtige hulde aan de Natie heeft kunnen brengen.’

Lantier richtte zich op en duwde het dossier achteruit.

‘Wenst u dat ik de verklaring onderteken?’ vroeg Morlac met dezelfde vermoeide glimlach.

‘Beseft u wat een dergelijke daad u kan kosten?’

‘Het doet er niet toe. Laat me maar fusilleren, als u dat wenst.’

‘De oorlog is voorbij en het gerecht zal minder drastisch optreden. Maar deportatie lijkt me de meest waarschijnlijke straf.’

‘Stuur me dan naar het bagno. Ik ben er klaar voor.’

‘U bent er klaar voor en u verlangt zelfs naar die straf, dat heb ik begrepen. Dat heb ik vanaf het begin begrepen. U weigert elke oplossing die ik u heb aangereikt om uw daad af te zwakken en genade te krijgen. Maar als we het nou ’ns daarover hadden? Waarom wilt u veroordeeld worden? Denkt u werkelijk dat dat uw zaak zou dienen?’

‘Alles wat de afkeer van het volk voor de oorlog doet toenemen, is goed voor de zaak die ik verdedig, om uw woorden te gebruiken. Als de vermeende helden de verwerpelijke eerbetuigingen weigeren van diegenen die de slachtpartij hebben georganiseerd, dan houdt men vanzelf op een zogenaamde zege te vieren. De enige waardevolle zege is de overwinning die je behaalt op de oorlog en op de kapitalisten die die oorlog hebben uitgelokt.'

De rechter stond op, liep om zijn bureau heen en ging op een stoel tegenover Morlac zitten. Hun benen raakten elkaar bijna aan.

'Tot op welke hoogte staat u achter uw beweringen?'

De glimlach van de officier bracht Morlac van de wijs.

'Ik geloof erin, dat is alles.'

'Wel, ik, nou, ik zeg van nee. U hebt uw argumentatie opgebouwd en u houdt eraan vast. Maar u gelooft er niet in.'

'Waarom?'

'Omdat u niet naïef genoeg bent te denken dat uw bravourestukje het aanschijn van de wereld zal veranderen.'

'Het is alvast een begin.'

'Nee, het is een einde. Voor u, hoe dan ook. U gaat verdwijnen in een verre kolonie, waar u stenen zult splijten, en u keert nooit meer terug.'

'En wat zou dat uitmaken?"

'Mij persoonlijk niets. Maar we hebben het over u. Uw "zaak" zal een van haar verdedigers zijn kwijtgeraakt. U zult al uw kruit hebben verschoten zonder iemand te raken, en de bewuste zaak zal geen greintje zijn opgeschoten.'

'Als u me veroordeelt, zal het volk in opstand komen.'

'Gelooft u dat echt? U hebt de mensen aan het lachen gemaakt, dat klopt. Maar wie van de toeschouwers die voor u stonden te applaudisseren, zal naar de wapens grijpen om u te verdedigen? Indien u niets had gedaan, zouden diezelfde aanwezigen het defilé hebben toegejuicht. Het volk, waar u zo hoog van opgeeft, is het moe te vechten, zelfs tegen de oorlog. Weldra zult u vaststellen hoe onverschillig het de dodenmonumenten voorbijloopt.'

'De revolutie zal komen.'

'Laten we aannemen dat u gelijk hebt en dat ze nodig is. Hoe zal men volgens u in dat geval de gevestigde orde omverwerpen? Door zijn hond te decoreren in aanwezigheid van een prefect?'

Lantiers toon liet geen misprijzen doorschemeren. Het maakte de belediging des te grievender.

‘Ik geloof in individuele voorbeelden’, antwoordde Morlac, maar hij klonk niet echt overtuigend.

Hij had rode wangen, van schaamte, van woede, wie zou het zeggen? De rechter liet een lang moment voorbijgaan. Je kon de passen horen van een paard op de plaveien van het plein, daarna keerde de stilte terug.

‘Maar even ernstig nu, goed? Ik ga u nu zeggen waarom u die daad hebt gesteld en waarom u wilt verdwijnen.’

‘Ik luister.’

‘Na uw genezing heeft men u naar Parijs geëvacueerd. Daar hebt u een paar maanden gewoond zonder te werken. U kwam rond met uw pensioen. Tijdens die periode had u gelegenheid te over om met de activisten in contact te treden. U hebt dat niet gedaan. Indien u zo bezig was met de revolutie, mag men aannemen dat u van uw verblijf in de hoofdstad gebruik zou hebben gemaakt om u daarvoor in te zetten.’

‘Hoe weet u dat?’

‘Dat is simpel. Toen men me met het onderzoek naar uw zaak heeft belast, heeft de administratie van de legerstaf me uw dossier bezorgd. De oud-strijders van het Balkanfront worden door de politie van vrij nabij gevolgd. Stel u voor, uw vriendschap met de Russische soldaten was niet onopgemerkt gebleven. Na uw terugkeer hebben de inlichtingendiensten zich ervan vergewist dat u niet met de verkeerde personen omging.'

Morlac haalde zijn schouders op, maar voerde geen bezwaren aan.

'U bent hier op 15 juni aangekomen. U hebt uw intrek genomen bij een weduwe die kamers verhuurt. U hebt zich heel discreet gedragen. U bent niet eens op bezoek gegaan bij uw zwager, die de familieboerderij had overgenomen.'

'Ik moet niets van hem hebben en dat is wederkerig. Het is een luiaard en een dief.'

'Daarover spreek ik me niet uit. Dat zijn de feiten. U bent daarentegen vaak naar uw zoon gaan kijken.'

De slag kwam onverwacht en Morlac kon zijn verbazing niet verbergen.

'U verstopte zich om hem in de gaten te houden. Op een dag hebt u hem aangesproken en is hij bang geworden. Daarna bent u toch nog teruggekomen, maar gedroeg u zich nog voorzichtiger.'

'Nou en? Dat is geen misdaad.'

'Wie heeft het over misdaden? Nogmaals, ik spreek me nergens over uit. Ik probeer alleen maar te begrijpen.'

'Wat valt er te begrijpen? Het is mijn zoon, ik wilde hem zien, meer niet.'

'Natuurlijk. Maar waarom weigerde u zijn moeder te zien?'

'We leven in onmin.'

'Wat is dat goed gezegd! Ziet u, Morlac, u bent een verstandige man, maar ik vrees dat u zichzelf op dat vlak, zoals op vele andere vlakken, iets voorliegt.'

Lantier stond op en zette het raam wijd open. Het had geen tralies en Dujeux, die buiten stond, kwam kijken wat er aan de hand was. De rechter gaf hem een teken weg te gaan en leunde op de rand, terwijl hij over het plein uitkeek. De hond was, nog altijd op dezelfde plek, op zijn achterpoten gaan staan.

'U bent erg onrechtvaardig voor dat arme dier', zei de rechter peinzend. 'U neemt hem zijn trouw kwalijk. U beweert dat het de kwaliteit is van een dier. Maar iedereen heeft die eigenschap, en u in de eerste plaats.'

Hij draaide zich om naar Morlac.

'Eigenlijk draagt u die kwaliteit zo hoog in het vaandel dat u Valentine haar gebrek aan trouw nooit hebt vergeven. U bent de trouwste man die ik ken. Het bewijs, u hebt de liefde die u haar toedraagt nog niet opgegeven. Het is voor haar dat u naar hier bent teruggekeerd, toch?'

Morlac haalde de schouders op. Hij keek naar zijn handen.

'Het echte verschil met de dieren', ging de rechter door, 'heeft volgens mij niets met trouw te maken. De meest typische menselijke karaktertrek, die zij totaal ontberen, is een heel ander gevoel, dat u in het kwadraat bezit.'

'Wat dan?'

'Trots.'

Hij zat raak, en hoe goed de oud-strijder tot nu toe ook alle beproevingen had doorstaan, toch begon zijn zelfvertrouwen ditmaal te wankelen.

'U wilde haar en tegelijk uzelf straffen, door voor haar ogen die opstandige schijnvertoning op touw te zetten, liever dan met haar te praten om de waarheid te kennen.'

'Het was geen schijnvertoning.'

'Het was hoe dan ook een spektakel dat u voor háár hebt opgezet. Het was tot haar dat u zich richtte.'

Morlac probeerde een laatste tegenwerping te maken, maar Lantiers betoog had de weg van de trots afgesneden, en de woorden van de gevangene werden uitgesproken op een allesbehalve dreigende toon.

'Zoveel te beter als ze de boodschap heeft begrepen.'

'Helaas hebt u haar antwoord niet gehoord.'

Vanaf een naburige binnenplaats was geschreeuw van kinderen te horen. De roerloze, warme lucht leek alleen heldere tonen te dragen, zoals het klokje van een kapel dat om het kwartier klepte.

'In elk geval', besloot Lantier met vastberaden stem, 'weiger ik medeplichtig te zijn aan uw provocatie. Omdat men van me verwacht dat ik u straf, weet ik wat voor vergelding ik u zal opleggen. Het is er een die uw trots het meest zal krenken. U gaat haar opzoeken en naar haar luisteren. U gaat tot het eind naar haar luisteren en zien in welke mate u zich heeft vergist. Daartoe veroordeel ik u. Maar opgepast! Ik aanvaard geen enkele uitvlucht.'

‘Kan ik weigeren?’

‘Nee.’

Een voor een sloot Lantier de knopen van het vest dat hij tijdens het verhoor open had laten hangen. Hij pakte zijn jasje op, dat hij over de rugleuning van de fauteuil achter het bureau had gelegd en trok het aan. Hij streek met zijn hand over zijn haar om het te fatsoeneren en wreef zijn snorretje glad. Hij ging kaarsrecht staan, in de typische houding van een officier.

‘Deze zaak is gesloten. Ik weiger uw bezwaren te aanhoren.’

Maar achter die zelfverzekerde houding ging schroom schuil, verlegenheid die te maken had met wat hij voor zijn vertrek nog wilde zeggen. Hij was geen rechter meer, maar een gewone mens onder de mensen toen hij eraan toevoegde: ‘En nu, eigenlijk, nou ja... wil ik u een gunst vragen.’

X

De rechter was rechtstreeks naar het hotel teruggekeerd omdat hij wist dat Valentine daar op hem wachtte.

Ze zat in de grote salon, niet op haar gemak onder een reusachtig doek dat een postkoets voorstelde. Ze was aan de rechterhoek gaan zitten, waar de kunstenaar een dorpsherberg had geschilderd, alsof het gezelschap van de boerinnen die op hun deurdrempel stonden haar minder angst inboezemde dan dat van de mooie dames die hun hoofd door de portieren van het rijtuig staken. Toen ze de officier zag, sprong ze haastig overeind.

'En?' vroeg ze, terwijl ze zijn handen vastpakte.

'Ga meteen naar hem toe. Hij verwacht u.'

En zonder zich om te draaien, om de emotie van de jonge vrouw niet te zien en misschien om zijn eigen ontroering te verbergen, liep hij de trap op en riep: 'Hij is vrij.'

XI

De auto snelde door het platteland. Het was een militaire berline met grote verchroomde koplichten en zwartgelakte spatborden. De zon verhitte de motorkap en Lantier had het raampje neergedraaid om lucht te krijgen.

Kinderkreten klonken op toen hij de dorpen doorkruiste en hij tilde zijn pet op om de mensen te groeten die het land bewerkten. De vorige dag waren onweders losgebarsten, en ze moesten zich haasten om de laatste percelen tarwe te oogsten. De lucht geurde al naar de herfst en hier en daar vertoonden de bossen hun eerste bruine glans.

Om al te wennen aan zijn nieuwe leven, dat nu een aanvang nam, had hij erop gestaan in burgerkleding te reizen. Na Orléans begon het ongeduld op te zetten om Parijs te bereiken, om zijn vrouw, zijn kinderen weer te zien. Hoe zouden ze het cadeau opvatten dat hij voor hen mee had gebracht? Eigenlijk kon hij maar beter toegeven dat ze blij zouden zijn als ze zagen dat hij blij was. Want eerlijk gezegd was het geen erg mooi cadeau. Morlac had er trouwens niet moeilijk over gedaan om het hem te geven...

Bijwijlen draaide Lantier zich naar de achterbank en blikte even om dat vast te stellen: nee, echt waar, het was geen erg mooi cadeau. Of liever, het was alleen voor hemzelf bestemd.

Hij stak zijn arm uit en voelde de oude hangwangen op zijn hand rusten. Zeker weten, wat een raar cadeau.

'Ja toch, Wilhelm?' riep hij.

En de hond, ook hij, leek te glimlachen.

HOMMAGE

Het was in 2011. Ik was door een Frans weekblad naar Jordanië gestuurd om verslag uit te brengen over de Arabische lente. Jammer voor mij, maar het was het enige land waar er volstrekt niets gebeurde. Samen met Benoît Gysembergh, de fotograaf die me vergezelde, bracht ik de dagen door met het drinken van biertjes en het vertellen van verhalen.

Benoît was een heel talentrijke, fantasievolle jongen. Tijdens zijn leven heeft hij de wereld doorkruist en van heel nabij vele uitermate romaneske gebeurtenissen waargenomen.

Van alle avonturen die hij me tijdens die werkeloze dagen heeft verteld, heb ik er niettemin maar één onthouden. Het was een eenvoudige, erg korte anekdote, maar ik voelde meteen dat het om een van de zeldzame pareltjes uit het leven ging, die je als basis voor een romanesk bouwwerk kunt gebruiken.

Het was het verhaal van zijn grootvader. Als held teruggekeerd uit de oorlog van 1914, gedecoreerd met de légion d'honneur had hij op een dag in een dronken bui een voor die tijd onvergeeflijke handeling gesteld, een overtreding waarvoor hij gearresteerd en berecht werd. Het is de episode die de lezer op het eind van dit boek aantreft.

Toen ik de roman schreef, is Benoît geen moment uit mijn gedachten geweest. Zijn ziekte kwam aan het licht terwijl ik het verhaal optekende. Hij heeft het jammer genoeg niet kunnen lezen, want net voor ik er de laatste hand aan legde, werd hij door zijn kwaal geveld.

Ik heb hem alleen nog kunnen zeggen dat ik de roman aan hem opdroeg.

Deze bladzijden zijn voor hem, om zijn herinnering levendig te houden.

Hij was een dierbare vriend en een groot fotograaf.

HISTORISCHE CONTEXT

Het Balkanfront is een aspect van de Eerste Wereldoorlog dat in West-Europa minder bekend is, maar waarbij niettemin heel wat West-Europese landen waren betrokken. Grosso modo werd het conflict er uitgevochten tussen enerzijds de Centrale Mogendheden (het Oostenrijks-Hongaarse Keizerrijk, Duitsland, het Ottomaanse Rijk en Bulgarije) en anderzijds de Entente (het Verenigd Koninkrijk, Frankrijk, Rusland, Servië, aangevuld met achtereenvolgens Roemenië, Griekenland en Italië).

In de loop van de oorlog werd op verschillende plaatsen slag geleverd: in Servië, Roemenië, Bulgarije en Macedonië. Na de val van Belgrado in oktober 1915 werd een deel van het Servische leger door de Italianen naar Korfoe overgebracht, een ander deel werd door de Fransen ontzet. Met de hulp van Franse, Engelse en Italiaanse troepen wisten de geallieerden de opmars van de Centrale Mogendheden in Thessaloniki te stuiten. In het boek wordt Morlac in 1916 met het Oriëntleger, dat onder leiding stond van generaal Sarrail, naar de Noord-Griekse stad gestuurd. Het gaat om een aanzienlijke krijgsmacht, bestaand uit circa 300.000 man, (100.000 Serviërs, 80.000 Fransen, 80.000 Engelsen en belangrijke afdelingen Russische, Italiaanse en Griekse soldaten). Nadat vanuit Thessaloniki een aantal bressen waren geslagen in de Bulgaarse linies, rukte het Oriëntleger via de Vardarvallei verder op naar Monastir, het huidige Bitola in Macedonië. Hoewel de Entente er in november 1916 in geslaagd was Monastir te veroveren, werd de stad voortdurend door de Bulgaren belegerd. Sarrail plande daarom begin 1917 een groot lenteoffensief in de bocht van de Cerna. Veel haalde het allemaal niet uit, want tot het eind van de oorlog werd de stad door de Bulgaarse troepen bestookt.

In de roman raakt Morlac daar tijdens een uit de hand gelopen actie gewond en wordt opnieuw naar Thessaloniki overgebracht. Datzelfde jaar werd generaal Sarrail aan het hoofd van het Oriëntleger opgevolgd door Guillaumat, de generaal die Morlac in het verhaal aan zijn ziekbed komt opzoeken.

Niet alleen aan het Balkanfront was 1917 een rampzalig jaar, dat gold ook voor het westelijke front. In het boek wordt 1917 door onderzoeksrechter Lantier bestempeld als het zwarte jaar van de oorlog: 'het jaar van de Chemin des Dames en de grote muiterijen; het jaar van de wanhoop en de contradictorische schokken: de landing van de Amerikanen en de terugtrekking van de Russen; de nederlaag van de Italianen en Clemenceau die aan de macht kwam.' De bewuste Chemin des Dames ligt in de streek tussen Laon, Soissons en Reims in het noorden van Frankrijk. Hij kreeg die naam omdat twee dochters van Lodewijk XIV de weg namen wanneer ze vanuit Parijs hun gouvernante opzochten. In de loop van de geschiedenis is hij, vanwege zijn strategische ligging op een heuvelrug, vaak het toneel van veldslagen geweest. Zo versloegen de troepen van Caesar er het Gallische leger, behaalde Napoleon er zijn laatste overwinning en werd de weg in 1917 door het Duitse leger ingepalmd. Het tegenoffensief van de Fransen onder generaal Nivelle mondde uit in een grote nederlaag en leidde tot muiterij bij de Franse troepen. Generaal Nivelle werd vervangen door generaal Pétain. Het offensief kostte tienduizenden soldatenlevens, zowel aan Franse als aan Duitse zijde. Op bevel van Pétain werden drieënveertig muiters terechtgesteld. Het militaire moreel bereikte een dieptepunt, wat in november 1917 leidde tot de val van de regering-Painlevé. De toen zesenzeventigjarige Georges Clemenceau werd door president Poincaré tot premier van het oorlogskabinet benoemd.

De vertaler

Oorspronkelijke titel: *Le collier rouge*

Uitgeverij De Bezige Bij

Mechelsesteenweg 203
B-2018 Antwerpen
België

Van Miereveldstraat 1
NL-1071 DW Amsterdam
Nederland

Vertaling: Katelijne De Vuyst

Boekverzorging: Leen Depooter
Zetwerk: Ready2Print
Foto auteur: Claire Delfino
Omslagbeeld: © ECPAD/France/1918/ Goulden, Auguste

ISBN 978 90 8542 613 4 | NUR 302